海天译丛

加缪书店

Nos richesses

Kaouther Adimi

［法］卡乌特·阿迪米 / 著

孔潜 / 译

 海天出版社

·深圳·

图书在版编目（CIP）数据

　　加缪书店 ／（法）卡乌特·阿迪米著；孔潜译. ——
深圳：海天出版社，2019.3
　　（海天译丛）
　　ISBN 978-7-5507-2591-1

　　Ⅰ．①加… Ⅱ．①卡… ②孔… Ⅲ．①长篇小说-法
国-现代 Ⅳ．①I565.45

中国版本图书馆CIP数据核字(2018)第303304号

版权登记号　　图字：19-2018-004号
Nos richesses
by Kaouther Adimi
© Editions du Seuil, 2017

加缪书店
JIAMIU SHUDIAN

出　品　人　聂雄前
责 任 编 辑　林凌珠　戚乐也
责 任 校 对　万妮霞
责 任 技 编　梁立新
封 面 设 计　知行格致

出 版 发 行　海天出版社
地　　　址　深圳市彩田南路海天综合大厦（518033）
网　　　址　www.htph.com.cn
订 购 电 话　0755-83460239（邮购）　83460397（批发）
设 计 制 作　深圳市龙瀚文化传播有限公司 0755-33133493
印　　　刷　深圳市华信图文印务有限公司
开　　　本　889mm×1194mm　1/32
印　　　张　8
字　　　数　120千
版　　　次　2019年3月第1版
印　　　次　2019年3月第1次
定　　　价　42.00元

比阿尔

我朝港口跑去

经过泰朗利街区

阳光炙烤着马路。

沙哈街弥漫着茴香酒味。

我在"真财富"

翻看一本书。

——弗雷德里克·雅克·当普勒[1]

《远方的风景》

---

① 弗雷德里克·雅克·当普勒（Frédéric Jacques Temple, 1921—　），法国诗人、作家。（本书注释均为译注）

总有一天，石头也会为这个国家的人所遭受的不公大声疾呼。

——让·塞纳克[①]

《一位阿尔及利亚诗人致他所有的兄弟》

[①] 让·塞纳克（Jean Sénac, 1926—1973），诗人，生于阿尔及利亚，1955年起，加入阿尔及利亚独立战争。1973年8月30日，在阿尔及尔的住处遭遇谋杀身亡。

献给哈马尼街的人们

目录

（阿尔及尔，2017年）

　　一到阿尔及尔，你就要沿着倾斜的街巷，上去再下来。你会遇到迪杜什－穆拉德街，众多小巷与之交错，如同跨越上百个故事，几步之外有一座桥，为自杀者和情侣所共享。

　　继续往前走，离开咖啡馆、小酒吧、服装店和蔬菜市场，快点，继续，别停下，向左转，朝卖花的老人笑一笑，找一棵百年棕榈树靠一会儿，警察会禁止你这样做。你别听他的，跟孩子们一起追逐金翅鸟，然后就到了埃米尔－阿卜杜卡迪尔广场。也许你会错过"牛奶吧"，这家餐厅的门面刚刚翻新过，白天几乎看不清上面的字母，因为天空蓝得近乎发白，阳光又十分刺眼。你会注意到几个孩子爬上阿卜杜卡迪尔酋长①雕像的底座，咧嘴大笑，摆着姿势。父母在给他们拍照，然后迫不及待地把照片发到社交网络上。一个男人在门槛上一边吸烟一边看报。你要跟他打个招呼，问候几句，然后折回去，别忘了看一眼旁边：银色的大海波光粼粼，蓝得近乎白色，海鸥啼鸣。你必须注视天空，忘掉奥斯曼风格的楼房②，路过高耸狭长的水泥建筑"空中住宅"。

你应当独自一人，因为只有一个人才能晕头转向，并看到一切。在有些城市，任何陪伴都是负担，这座城市便是如此。在其间闲逛，就像漂泊流浪，手插在口袋里，心情沉重。

你爬上倾斜的街道，推开从不上锁的沉重木门，抚摸子弹在墙上留下的痕迹。子弹曾扫射过工会会

① 阿卜杜卡迪尔（Émir Abdelkader, 1808—1883），阿尔及利亚民族英雄，政治家、军事家、诗人和哲学家。1832—1847年间，他与法国人做了长期斗争，被认为是现代阿尔及利亚抗击法国殖民统治的先驱，被部族选举为"埃米尔"，意思是酋长、总督。

② 奥斯曼工程，指19世纪法国塞纳省省长乔治-欧仁·奥斯曼和拿破仑三世在位时开展的法国规模最大的都市规划事业。这场改造使巴黎被认为是现代都市模范，也极大地改变了巴黎的都市格局。

员、艺术家、军人、教师、无名氏和孩子。多少个世纪，太阳在阿尔及尔的露台上升起；多少个世纪，我们在同样的露台上度过。

花点时间在卡斯巴哈①的楼梯上坐一会儿。聆听年轻乐师拨弄班卓琴，揣测紧闭的窗户后面的老妇人在做什么，凝视孩子们同断尾巴的猫咪玩耍，以及头顶和脚下的蓝色，沉入碧海的蓝天，无限延展的油性斑点。我们不会再看到这些，虽然诗人想让我们相信，天空和大海是一块调色板，随时披上玫瑰色、黄色和黑色。

请忘了这里的街道曾被红色浸透，而红色并未被洗刷，我们的脚步每天都陷得更深。黎明时分，汽车还未塞满城市的交通要道，我们能听见远处炸弹的巨响。

而你，你会走朝阳的街道，不是吗？最终，你会来到哈马尼街，也就是从前的沙哈街。你会寻找2号乙，但很难找到，因为有些门牌号已经不在了。你会

---

① 卡斯巴哈是阿尔及尔东北部的古城，建于公元前6世纪，位于陡峭的斜坡上，有一段一段的楼梯，1992年被列入《世界文化遗产名录》。

看到橱窗上的一行字：**读书之人价值倍增**。你会面对历史，震撼世界的大历史，以及一个人的小历史，1936年，21岁的爱德蒙·夏洛开了一家名为"真财富"的可借阅书店。

一

最后一天的早晨。夜不安地褪去，空气更加滞重，阳光更为黯淡，城市愈加丑陋。天空布满大块的云朵。一群贫民窟的猫咪竖着耳朵窥伺着。最后一天的早晨，就像一个耻辱日。我们中最胆怯的人加快了脚步，假装什么都不懂。好奇的孩子驻足观望，父母拽着他们的胳膊，催他们快走。

起初，哈马尼街，从前的沙哈街，一片寂静。在阿尔及尔这样一个总是动荡、喧哗，永远处在呻吟之中的城市，如此的寂静实属罕见。接着，有人降下"真财富"书店橱窗上的金属网，打破了寂静。哦，从20世纪90年代开始，自打阿尔及利亚政府从前任店主的弟媳夏洛夫人手中收回之后，它就不再是书店了，而仅仅是阿尔及利亚国立图书馆的一个分馆。无名之地，行人极少在门前停留，但我们继续管它叫"真财富"。正如在很长一段时间内，我们仍把哈马尼街称作沙哈街。我们是这座城市的居民，所有的故事构成我们的记忆。

"它坚守了80年！"一名被紧急派到现场、饱含激情的年轻记者在黑色封皮的小本子上写道。我们觉得，他长着一双贼溜溜的眼睛，让人不放心。这个浑身透出野心的小伙子配不上这家书店。"人寥寥无几，阴沉的天空，阴郁的城市，凄凉的金属门帘。"他在本子上补充道，随即又改了主意，把"阴郁的城市"画掉。他思索着，脸皱起来，近乎痛苦的表情。

他刚入行，父亲是一家大型塑料公司的老板，跟主编达成了一笔交易：雇用他的儿子就买下广告插页。我们透过窗户看着略显笨拙的记者。"比萨店和杂货店之间，夹着一家曾经的书店，名叫'真财富'，当年著名作家经常光顾。"他咬着笔头，在本子的边缘草草写道。"（其中有加缪，还有些作家的照片用图钉按在书店的内墙上，他们是谁？爱

德蒙·夏洛、让·塞纳克、于勒·洛瓦①、让·安鲁
什②、伊姆·布拉希米、马克斯-保勒·富歇③、索弗
尔·伽列罗、埃玛纽艾尔·罗布莱斯……一无所知。

---

① 于勒·洛瓦（Jules Roy, 1907—2000），法国作家、军官，出生
于阿尔及利亚。爱德蒙·夏洛出版过他的多部作品。

② 让·安鲁什（Jean Amrouche, 1906—1962），法国作家、诗人、
记者。1944年，在阿尔及尔创办文学杂志《方舟》（L'Arche），
由爱德蒙·夏洛出版。

③ 马克斯-保勒·富歇（Max-Pol Fouchet, 1913—1980），法国
作家、诗人、艺术评论家。

研究一下。）"

"门外有一段窄窄的楼梯，年轻的阿尔贝·加缪常坐在那里改稿子，楼梯上放了一盆植物。没有人想把它移走。最后的幸存者。（或是最后的见证人？）这家书店兼图书馆保存完好：漂亮的门面安了玻璃，熠熠生辉（查一下'熠熠生辉'算不算陈词滥调）。"他画上一个句号，然后另起一行："文化部拒绝回答我们的提问。为何将市图书馆转让给私人买家？我们不能再阅读，也不能再学习了，难道没人关心这一点吗？书店正面的玻璃上用法语和阿拉伯语写着'读书之人价值倍增'，不读书之人不值一文。"他画掉最后一句，接着写道："正值经济危机，政府认为，应该把这样的地方卖给出价最高的人。多年以来，政府把卖石油的钱挥霍一空，如今各部长喊着：'经济危机了''我们别无选择''不要紧，人民需要的是面包，不是书籍，我们卖掉图书馆，卖掉书店吧'。政府廉价抛售文化，却在各个街角建起清真寺！曾几何时，书籍如此珍贵，令人心生敬意，是我们对孩子的许诺，是赠予心上人的礼物！"

记者对文章的草稿很满意，拿着黑封面的小本子，口袋里插着钢笔，走开了，并没有看一眼"真财富"书店负责借书的阿卜杜拉。后者孤零零地站在沙哈街的人行道上，他身高近两米，虽然拄着木头手杖，还是很威严。他穿着蓝衬衣和灰裤子，肩上搭着一块厚实的埃及棉做的白布，微微泛黄，但干干净净，脸上布满皱纹，面色苍白，嘴部线条分明，一言不发，只用黑色深邃的大眼睛盯着大玻璃橱窗。

阿卜杜拉是个沉默寡言、内心骄傲的人，他在卡比利①长大，那个年代那里的人从不吐露感情。但是，假如记者花时间询问，老人可能会用低沉平静的语调讲述，这个地方对他意味着什么以及他为何心碎。不，他不会用"心碎"这个词，而会用别的。他会强调愤怒，一边紧紧抓住从不离身的白布。然而，记者已经走远。他在办公室里轻轻吹着口哨，疯狂地敲着键盘，没有意识到口哨声惹恼了同事，他们相互使眼色，心照不宣。

哈马尼街，从前的沙哈街，冬日暗淡的阳光勉

---

① 阿尔及利亚北部柏柏尔人聚居区。

强照亮街道。商贩们慢悠悠地打开店门，一切不紧不慢。内衣店、杂货铺、餐馆、肉店、理发店、比萨店、咖啡馆……我们朝阿卜杜拉点点头，或轻轻拍一下他的胳膊。我们明白他的感受。在这儿，谁没经历过最后一日呢？孩子们在街上穿行，毫不顾及刚刚粉刷过的人行道，也不管按喇叭的司机。司机们开着庞大的汽车，法国车、德国车和日本车，组成一支国际车队。中学生背着被同伴画得乱七八糟的书包，抽烟，调情。小男孩都穿着蓝色罩衫，纽扣一直扣到脖子；小女孩一律系粉色围裙。他们大声喊叫，呼朋引伴，嬉笑打闹，窃窃私语。

一名小学生撞到了阿卜杜拉，一面含糊不清地道歉，一面把头高高抬起，想迎上这位高大男人的目光，却听见姐姐冲他吼，要是不想挨耳光就赶紧走。一个大脑袋、头发草草束在颈后的女人叫骂道："你们这群邋遢小鬼。"她拿着扫把，拎着一桶散发化学气味的灰水，清洗人行道。有男孩对她做了一个嘲弄的手势。"你给我等着！"她反击道，哗一下把脏水泼了过去。孩子试图躲避，但米色帆布裤的裤脚还是被溅湿了。他大叫起来，威胁说："我告诉我妈妈去！"然后朝学校方向溜了。

街上又恢复了平静，格外阴沉。商贩们凝视着天空，惶惶不安。我们不习惯没有阳光的日子。"冬天会很难熬，会带走很多穷苦人。"穆萨肯定地说。他是比萨店老板，"真财富"书店的邻居。因为待人宽厚，并且脸上有块非洲大陆形状的胎记，他在整个街区颇有名气。

拄手杖的阿卜杜拉心想，这是20年来，穆萨第一次早上没有端着黑咖啡来找他。阿卜杜拉怕他把书弄脏，从不让他带饮料进"真财富"。他知道，傍晚会有个小姑娘让妈妈陪着到店里来，挑选这个星期要读的书。粉裙，白色坎肩，漆皮鞋，斜扎马尾。她会吃个闭门羹。

从前，透过一尘不染、锃亮发光的玻璃橱窗，我们时常看到阿卜杜拉忙碌的身影，忙着拍死红蚁。有时，附近的少年等他一转身，便顺手牵羊偷书，把东西弄乱。他毫不在意，耸耸肩对穆萨说："这些孩子，要是这样能让他们读点书的话……"他的朋友明知小伙子们把书卖到了周边的市场上，却不敢告诉他。

我们街区的人很喜欢这位孤独的老人。对于他，我们能谈些什么呢？我们不知道他的年纪，他自己也不知道，他是被推定出生的。阿卜杜拉呱呱坠地的时候，他父亲在法国北部一家工厂里干活。没有人宣布他的出生。从那以后，这位书商的证件上就没有出生日期，而是"推定出生"。人们根据他的手杖、抖得越来越厉害的双手、侧着耳朵的样子和更高的嗓门，估摸他的年纪。

他的妻子在"黑暗十年"①中死去，就在阿卜杜拉到哈马尼街之前。时间？地点？没人能够回答。按照此地习俗，人们不会向男人打听他的妻子是否在世，是美是丑，戴不戴面纱，他爱她还是恨她。据我们所知，他只有一个独生女儿，在卡比利成了家。

阿卜杜拉开始在"真财富"工作的时候，我们替他量过书店：长7米，宽4米。他玩笑着伸长胳膊，说他差不多能够着墙壁。陡峭的楼梯通往二楼，他在楼上放了一张临时床垫和两床厚被褥，因为这栋房子从

---

① 指1991年底到2002年的阿尔及利亚内战。

来没有供过暖。他还买了一台电暖气、一台小冰箱和一盏灯。他在书店的洗手间里冲澡、洗衣服。

以前，他在市政府部门工作，负责在证件上盖章，整日忙着给各种文件盖戳。幸亏人们喜欢他，肯跟他攀谈。1997年，妻子去世之后，他自己要求调到这家书店，有人交给他一封信，告诉他一直干到退休也不用挪地方了。终于到了退休，可人们把他忘了。没人来接替他。他舍不下这个地方，也不知道去哪儿，于是毫无怨言地留了下来，也没有跟任何人提起。

关于此人，我们只知道这些。

有一天，他收到了第一批官方来函，告知他哈马尼街2号乙卖给了一名企业主，"真财富"即将关门。他天真地以为能说服政府代表，让他们明白书店继续营业的重要性。他给文化部打电话，但没人接听。电话一直占线，也没办法留言，因为电话留言箱满了。他亲自跑了一趟，却被门卫当面耻笑。国家图书馆的人听他说了很久，然后把他送出门，没说一句话，也没有任何允诺。新房东前来参观"真财富"，阿卜杜拉问他想把书店变成什么。"全部清空，把这些旧书架搬走，墙重新粉刷一下，好让我的一个侄儿卖炸糕。各种各样的炸糕：加糖的、苹果馅儿的、巧克力馅儿的。我们离大学很近，生意一定不错。我希望您会是我们的第一批客户。"

我们听见喊叫声，赶过去，看到房东正从地上爬起来，掸西服上的灰。阿卜杜拉挥舞着拳头咆哮，说他不会让人毁了夏洛的书店。房东冷笑："你就是那个夏洛啊！"

他没有再来，但邮件仍蜂拥而至，提醒阿卜杜拉马上要走了。阿卜杜拉把信拿给街区的年轻律师们看，他们每天中午在穆萨的店里吃方形比萨。他们摇摇头，轻拍书商的肩，言之凿凿：

"你心里明白，咱们干不过政府，而且这不是书店，只是国家图书馆的分馆。你自己也承认，没什么人来。你有几个会员啊？两三个，不是吗？才这么一点，干吗还要拼命？你年纪大了，算了吧！就让他们把这个小房子收了，你没办法对抗的。"

"这么说，他们可以全都卖掉？今天卖书店，明天卖医院？而我，只能闭嘴？"

年轻律师们局促不安，无言以对，只好再点一个比萨，配柠檬汽水。

停业的前一天，阿卜杜拉身体不适，心跳得厉害，心脏似乎要从胸膛里跳出来。他打开了书店的门，却倒在了门槛上，眼前一片模糊。他听见跑动的脚步声，有的走远，有的走近。他想起楼上平底锅里的水马上要开了，抬头看到天花板上挂着的书店创立者爱德蒙·夏洛的照片。阿卜杜拉觉得自己正在死去，孩子们围着他，从他们眼中微微颤动的光看得出，他们也这么想。

穆萨没有电话，他对科技总是将信将疑。听见喊声，他把热咖啡壶放在桌上，也不怕在油布上留下痕迹，抓起手杖出了门，看到了聚集的人群。救护车没赶到，街区的年轻人把阿卜杜拉扛到杂货店运货的小卡车上，送往医院。他们一边尽力挽救这位守护书籍的老人，一边向真主祷告，在这里，我们第一个和最后一个祈求的都是真主。

阿卜杜拉喘不上气，不断抽搐，像在寻找空气，眼睛瞪得大大的。摇摇晃晃的小卡车在阿尔及尔街头开得飞快，同时还要躲避路上的坑、减速带和流浪狗。医生给老人做了治疗，就像对待一头我们会毫不迟疑地逮住的野兽，并且建议他离开阿尔及尔。

"这座城市有自己的规矩，您无力对抗。再这样下去，您会死的。走吧，您在这里已经无事可做了。"

阿卜杜拉回到书店，裹着白布，在"真财富"的阁楼里躺下。入睡前，他又想起在这里的第一个夜晚，想起因为置身这样的地方，心中难免疑惑。他在独立①前没能上学，在清真寺学会了读阿拉伯文，而法语，哦，法语，很晚才学，学得很艰难。

停业之后，阿卜杜拉就睡在一个很小的隔间里，紧挨着比萨店。那里储存着面粉、发酵粉、一箱箱西红柿、一桶桶油和一瓶瓶橄榄。现在，还多了一张海绵床垫和几只靠垫。穆萨瞒着房东，悄悄让他的朋友在里面过夜。其余时间，书商把白布往肩上一披，挂着木头手杖，一动不动地站在人行道上。他的眼眶湿湿的，人生最后一段岁月就这样被毁了，全城人都为此感到羞愧。

---

① 1962年7月3日，阿尔及利亚宣布独立。

我们轮流照顾他，让他什么也不缺。律师们已经不在街区里午餐，生怕遇到他，被问一大堆他们不想回答的问题。

一天夜里，街区的年轻人在楼下对时局大发议论的时候，里亚德到了。20岁的他口袋里揣着"真财富"的钥匙。

（阿尔及利亚，1930年）

　　一群男人静静地围坐在一名12岁左右的男孩周边。他是其中一个男人的儿子，在土著人的学校里学了法语，正在给他们念一份报纸的头条，1930年5月4日的《小画报》，售价50生丁。这是一张法国在阿尔及利亚殖民一百周年的海报，标题用的是粗体和大写字母：**一百年来，阿尔及利亚属于法国。**

　　男人们突然脸一沉，连烟也不抽了，吓得少年不敢再读下去。父亲示意他继续。男孩慢慢地拼读出副标题："从占领阿尔及利亚至今，一百年时间足以将柏柏尔人的海岸变成繁荣富饶的省份。"男人们传阅报纸，细细看着插图，低声抱怨。插图画的是1830年

18

一个法国军团在一个荒凉的海岸登陆的情形。他们把一切都抹去了：卡斯巴哈、港口、花园、房子、咖啡馆、市场、酒馆，还有商店、桥梁、喷泉、兵营、树木、语言、宗教……1930年5月，在阿尔及利亚歌剧院，在法国总统加斯东·杜梅格①面前举办的一百周年大合唱，这些就是海报的缩影：法国占领之前，一切都很野蛮。

男人们低声说："我们要一直低头到什么时候？土著法规让我们在自己国家，就在这儿，在我们自己的地盘上沦落成次等人！"

"必须斗争，争取权利，组织起来。"

孩子不敢轻举妄动，他知道最轻微的动作都会让男人们想起他的存在而不再说话。

"他们会把我们扔进监狱，或者流放到新喀里多尼亚②。"

我们是土著、穆斯林、阿拉伯人。我们当中只有少数人能把孩子送进学校，还得等到极少数接收土著

---

① 加斯东·杜梅格（Gaston Doumergue, 1863—1937），1924年出任法兰西第三共和国总统。
② 法国在大洋洲西南部的一个海外领地，位于南回归线附近。

的学校奇迹般地有了一个名额。并且，要能在农业经营中舍弃孩子的帮助。农业经营由强大的殖民地大家族把持，他们组成游说团，掌控了整个国家。在大城市，没人在乎我们，没人在乎成千上万的欧洲家庭，他们从殖民之初就从法国、西班牙和意大利来到这里，生活在阿尔及利亚的平民街区。

一百周年纪念正是巩固殖民统治的好机会，两岸举行了盛大的庆祝活动，举办博览会。人们带着骄傲的微笑，向来到阿尔及利亚的政客致敬。妇女们穿着棉布裙，男人们身着大翻领上衣，在乡村广场的舞会上跳舞。欢声笑语，直至深夜。作家歌颂阿尔及利亚的阳光和生活的欢乐。而我们呢，耸耸肩，因为读不了他们的作品，况且我们知道这一切都是假的。他们说我们相信各种迷信，滑稽可笑，住在部落里，还说要提防我们。他们讨厌成群的孩子缠着坐船的乘客，想扛行李赚几枚硬币。他们给师范学校的第一届土著师生拍照。

1921年之前，土著学生和他们的欧洲同学一直穿不同的校服：后者穿的是深蓝色制服上装，几条天蓝色条纹和白色衣领衬得人更加精神，黑色领带和衣服很相配。而我们呢，他们给我们选的是阿拉伯圆筒帽、橘色上衣和绿腰带。他们将我们展示出来，因为我们像东方风格的明信片，我们在自己国家成了异域风情。师范学校校长让·吉耶曼写了一份关于土著教育改革的报告。1923年3月20日，他警告阿尔及利亚学区的督察员，把土著和法国学生混在一起有风险。他是一位杰出人物，神情庄重，肩负着重要使命：让两个族群共处一校而不相遇。他建议设置两种进度、两种层次的体系，因为假如有土著学生胜过同一班级的法国学生，将是奇耻大辱。让·吉耶曼为某些学生的自尊殚精竭虑。

一切顺利。一百周年纪念活动正在进行，查理·卓别林参加了阿莱迪酒店的开业庆典，这是一座斥巨资建造的艺术酒店。一切顺利。阳光普照，地中海美轮美奂，人们建造了花园环绕的殖民地大房子。在阿尔及尔，法兰西共和国总统听着歌剧，兴高采烈，这场一百周年纪念活动颂扬了他所领导的强盛的国家。土著也参与组织这一盛事，为此他很满意。他忽略了，或者不愿知道土著们觉得自己是少数派。一切顺利。我们还没有吵吵嚷嚷，妨碍庆典。警察把土著激进分子和政客或关押或流放。一切顺利。然而，天空特别阴沉，头顶出现大片乌云。

父亲抓住儿子的手，把他拽进迷宫一般的巷子："你回去吧，快点。你妈妈会担心的，快走。"

爱德蒙·夏洛的记事本

（阿尔及尔，1935—1936年）

1935年6月12日

　　我会谢顶的。21岁时，我便已经确信。在阿尔及尔中学上让·格雷尼耶①的哲学课之前，我把稀少的头发贴在一边，制造假象。这个老师真不可思议，他不是教课，而是讲述。他开讲的时候，我们从来也想不到他会讲些什么。他陪着我们思考，迫使我们尽可能深入地思考。有一天，我们询问他的最新著作，他便想象在书中提到的各个岛屿上流浪。我远离了我上过的集中营似的耶稣教会学校。

---

① 让·格雷尼耶（Jean Grenier, 1898—1971），法国哲学家、作家，1930—1938年在阿尔及尔中学任哲学教师。1937年，爱德蒙·夏洛出版了他的《圣塔克鲁兹和其他非洲景致》。

让·格雷尼耶

5

1935年7月23日

　　在巴黎短暂停留之后，回到阿尔及尔。深夜和父亲在厨房里谈话。我告诉他我对阿德里安娜·莫尼耶①深深敬仰。有幸参观了她不同寻常的书店——奥德翁街7号的"书友之家"。书多得数不清，什么书都能找到！而且，莫尼耶夫人是多么出色的女性……她悄悄告诉我，她的启动资金是几千法郎。我一定要在阿尔及利亚做同样的事。父亲同意了，但他说规模可以小一点。是的，规模可以小一点，但精神必须保留。也就是说，书店出售新书和二手书，提供借阅，不仅是店铺，还是交流和阅读的场所。某种充满友谊的地方，并且具备地中海观念：吸引地中海各国的作家和读者前来，不分语言、宗教，吸引这里、这片土地、这片海上的人，尤其要反对阿尔及利亚主义。要进入更高层次！

————————

① 阿德里安娜·莫尼耶（Adrienne Monnier, 1892—1955），法国著名书店女主人、文学出版人、作家和诗人，1915年11月15日，在巴黎奥德翁街7号创立"书友之家"书店，不仅出售书籍而且提供借阅，并举办多种文化活动。

1935年9月18日

约瑟夫外公从盖尔达耶①回来。吃晚饭的时候，他向我讲述了他如何租骆驼一直骑到沙漠，由猎狮豹的猎人陪同，以免遭到抢劫。他是个怪人，一心从事批发这一行，他能想到的事比他描述的更多。外祖母恼怒地摇着头。我们一边喝酒一边谈论文学和绘画，直到半夜。他送了一本罗朗·多热莱斯②亲笔签名的《木十字架》给我，并且告诉我，这部小说在获费米娜奖之前，曾角逐龚古尔奖，但在最后一轮败给了普鲁斯特。多热莱斯的出版商依然给书加了一条腰封"入围龚古尔奖——10票得4票"。外祖父没有上过学，但他的文化修养给我留下很深的印象。外祖母很早就睡下了，睡前还让我答应她星期天陪她去圣欧热讷公墓，给我母亲扫墓。

---

① 阿尔及利亚中北部城市。
② 罗朗·多热莱斯（Roland Dorgelès, 1885—1973），法国作家，其小说《木十字架》获1919年费米娜文学奖。

1935年10月9日

整理书架上的书，发现十盒儿茶①，是有一年夏天我卖给城里的商人剩下的。为了挣一点点钱，我穿着短袖衬衣，顶着炙热的阳光，去一家又一家杂货店兜售。这些至少要一年才能卖完。我打算送给朋友们。儿茶有保质期吗，还是像书一样不朽？

1935年10月14日

我帮女邻居拎购物袋。她谢了我，说我很热心，却有着鸟的目光，甚至鹰的目光，像要吞了她。"幸亏您微笑，"她接着说，"否则真让人害怕。"听到这样的话，总是觉得愉快。我做出没有生气的样子，为了掩饰窘态，把眼镜往鼻梁上推了推。

---

① 中药名,豆科植物。

1935年11月6日

让·格雷尼耶问我们每个人念完书以后想干什么。我回答说,对印刷品很着迷。他告诉我,在阿尔及尔做出版经销商,会有我的一席之地,应当抓住机会。我推说没有足够的钱做生意,他说:"两三个人合伙,再拿出点勇气来,看似难以做到的事就变容易了。"还说:"你要是做出版,我会给你一份手稿,帮你起步。"我送了他一些儿茶,他很高兴。

1935年12月24日

怀旧,消沉。我翻找父亲收在书桌里的家庭相册。因为潮湿,照片略微有些损坏:这是我的曾祖父,在1830年抵达阿尔及利亚的法国舰队中当水手兼面包师。还有一张我父母结婚那天的照片,背面用铅笔写着日期:1912年4月6日。简单标注了地点:阿尔及尔。这是维克多·夏洛,神情严厉,骄傲,留着倒V字形的小胡子,领带扎得很紧;这是马尔泰·露西亚·葛力马,漂亮,十分漂亮,神情拘束。他们分别是23岁和18岁。接下来是一张1919年8月5日的剪报，登的是母亲的死讯。飞快地读过去，免得过于悲痛：维克多·夏洛先生携两子，爱德蒙和皮埃尔……沉痛告知您……痛失……爱妻、慈母及爱女……逝于库拜①……享年26岁……兹定于今日下午4点半举行葬礼……库拜埃莱娜别墅，绿洲站……圣奥古斯丁教堂……圣欧热讷公墓。镇定下来。文学和她永远不会离开我。父亲给我带回许多书籍，要不是他在阿歇特出版社负责销售部门，我都不知道如何满足自己的阅读欲望。

1936年1月6日

我重新思考了格雷尼耶老师说过的话。跟几个朋友说了这件事。让·帕讷和古斯通太太——守寡以来，她坚持让人这样称呼她——很兴奋。我日夜期盼美梦成真。

---

① 位于阿尔及尔东南郊。

1936年2月12日

晚餐时，外祖母递给我一张纸，她收拾东西时找到的。她狡黠地一笑。是从前耶稣教会学校的老师写的。"该生不好相处，且心不在焉。"这个评语更坚定了我的决心，不进大学，更好地投身文学。

1936年3月2日

我在各方面精打细算。积蓄很少，只有在商业学校代课得的一笔钱。

1936年3月4日

古斯通太太不太想做生意，她要独自抚养几个孩子，没时间。我终于筹到12000法郎。一定得坚持住才能创建我们想要的：出版社，书店，还有什么我也不知道！没有沙漠，没有豹子的历险，但不管怎样，终究是历险。

1936年3月9日

在家里转了一圈，家人都鼓励我，但并不赞成我的选择，他们原以为我会到邮电局当职员。不过，我仍然在父亲眼中看到了一丝骄傲，他拿不出钱来给我，但答应把他在阿歇特能弄到的书全部出让给我。弟弟皮埃尔热烈赞成。外祖父不理解，对他来说，跟书打交道是绝妙的消遣，但无论如何也不能当工作："看看你爸爸挣的那几个小钱……"他觉得我误入了歧途，我甚至听到他对外祖母说，要是我真想卖点什么的话，应该卖酒或者水果。

1936年3月11日

在贝勒古尔街区的"非洲女人"音乐协会过了一下午，与西卡尔、加缪、布瓦尼昂、布尔热瓦，还有成立不久的劳动剧院的几名实习演员待在私人房间里。他们发疯似的排练《阿斯图里亚斯起义》①，这

---

① 1936年，加缪和其他人集体创作的剧本，当时他在劳动剧院改编和参演了不少戏剧。该剧取材于1934年10月西班牙阿斯图里亚斯省工人的反法西斯武装起义。

是他们以提纲形式写的一部四幕剧，讲述的是西班牙工人起义，小小的城市一分为二：一边是有产者，另一边是无产者。他们聚在咖啡馆里听无线电广播随时播报选举结果。右派胜出。与此同时，得知煤矿工人罢工，武装占领城市，商人被杀，一辆卡车爆炸……政府派军队和轰炸机镇压矿工。剧本很出色、尖锐、辛辣。会成功的，一定会。这出戏挣的钱将用于帮助不幸的欧洲儿童和土著儿童。

1936年4月17日

难以置信的好运气：沙哈街2号乙有房出租，就在大学边上。房间很小：大约7米长4米宽，但我们在里面会很好。让·帕讷、古斯通太太和我玩笑着伸开胳膊，试图够到墙壁。楼梯很陡，还嘎吱作响，不过我会给它上点蜡，楼梯通往我们夸张地称为"二楼"的地方。事实上只是一个很小的空间，我们预备放几个铁支架，上头搁一张木板，把阁楼改造成办公室。我很幸福！我没钱了，还背了一身债，可是我很幸福！

1936年4月20日

和埃玛纽艾尔·安德罗约了见面，他接管了莫加多尔街41号维克多·海因茨的印刷厂。我们聊得很投机，他为人和善，有意加入我的计划，并且信任年轻人。他鼓励我寻找书稿、阅读、编辑。我们说好一起干一番事业。

1936年4月21日

加缪请我把《阿斯图里亚斯起义》赶印出来。阿尔及尔市市长奥古斯丁·罗兹禁止他们的戏上演，这一决定让四位作者愤怒又绝望。题材太敏感，可能煽动起义。四个年轻的文科大学生居然让市长害怕！两个多月的工作泡汤了。剧团得偿还已经产生的巨额费用：光是搭建舞台背景就花了600法郎。我当然答应了他。就算戏剧不能演出，至少应该让人读一读剧本。加缪还准备分发红色传单，告诉我开头可以这么写：

劳动剧院被禁。

《阿斯图里亚斯起义》

吓坏市政府。

省长批准，市长禁演。

别找借口，专制而已。

1936年4月28日

夏洛出版的加缪等人的剧本
《阿斯图里亚斯起义》

《阿斯图里亚斯起义》将在几星期后出版，剧本题献给"阿尔及尔劳动剧院的朋友们。献给桑什、圣迪亚哥、安东尼奥、惠兹和雷昂"，没有署作者名字。选好了纸张、字体和颜色，书名将用效果最美的红色字体。以我的名义出版风险太大，因为手稿可能会在我家被查抄。考虑再三，只用斜体印了我名字的首字母小写"*e.c.*"。

1936年5月5日

这将是一个图书馆、书店、出版社，但首先是热爱文学和地中海的朋友们的据点。刚刚在2号乙安顿下来，我欣喜若狂。开始认识邻居、商贩和咖啡馆的服务生，他们是我生活中的新人。《阿斯图里亚斯起义》正在出售。有人说首字母"e.c."代表"加缪出版社"。这个花招骗不了多久，但我们没管，重要的是成功卖出了一些书。

1936年5月6日

昨天收到让·季奥诺①的信！伟大的季奥诺！我曾抱着试试看的心态给他写信，请他允许我将书店命名为"真财富"，该名取自他的同名散文作品。这本书令我赞叹不已，他在书里嘱咐我们回归真正的财

---

① 让·季奥诺（Jean Giono, 1895—1970），法国小说家，代表作《屋顶上的轻骑兵》，1954年被推选为龚古尔学院院士。下文提到的《真财富》（Les Vraies richesses）是1936年出版的一部散文作品，他在书中揭露资本主义工业社会和城市化的弊端，号召反抗摧毁人类"真正的财富"的机械化。

富，即大地、阳光、溪流，以及文学。（还有什么比
大地和文学更重要呢？）拆信的时候，我差点把信撕
坏。焦躁不安。我对让·帕讷说了一遍他的回复：
"您当然可以用这个名字，它并不属于我。"

1936年6月30日

炎热，潮湿，知了在我的窗下鸣叫。昨晚做了一
个奇怪的梦：狮子和豹吞了我的书。一个女人，当然
是个漂亮女人，在书店二楼读书。每天晚上，朋友们
都在沙哈街暖暖的灯光下笑，他们坐在奇怪的扶手椅
上，飘浮在半空中。

夏洛出版的季奥诺的《丰满
的日子》

1936年7月19日

在旅游杂志上看到季
奥诺的一篇随笔，写得很
美。标题《丰满的日子》
令人遐想，印象深刻，使
我陶醉于普罗旺斯乃至整

个法国的南部。这篇文章与我的书店十分契合，同我
对物的观念不谋而合：一种不局限于阿尔及尔海岸
的地中海思想。我又给季奥诺写了一封信，请他允许
我把这篇文章印出来，并作为开业礼物送给第一批顾
客。

1936年8月8日

下午，和让·帕讷、古斯通太太一起筹备"真财
富"开业典礼。我们斟酌了许久，想找一个能显示我们
雄心壮志的口号，最后一致决定用"属于年轻人，依靠
年轻人，为了年轻人"。有点自命不凡，我们知道，但
我们年轻人就是这样，听上去像某种战争宣言，反对阿
尔及尔这座因循守旧的城市！我订购了一块巨大的白
色布告牌，将用黑色字体写上我们的口号。

1936年8月27日

收到季奥诺的回信。善良慷慨的人！他答应了，
他当然会答应，他被感动了。用高档纸印了350份，送给
我的350位顾客。我是不是太自负了？不，一定能行！

1936年9月9日

记者维克多·巴汝冈①的遗孀吕西安娜前来参观未来的书店。她告诉我，她有波纳尔②为维克多生前正在写的一本书所画的插图。她同意把画借给我，在开业那天展出。这么一来，这里不光是书店、出版社，还成了画廊！她还把我引荐给波纳尔的侄子，他就住在沙哈街，离得很近，是一位葡萄酒专家。他同意借给我三幅油画。自豪！

1936年9月13日

我花了很长时间设想未来书籍的装帧、封面、字体。《丰满的日子》这本书，我开心地把书名的字母排列成完美的圆。我想，一定会成功。

---

① 维克多·巴汝冈（Victor Barrucand, 1864—1934），法国记者、作家。

② 波纳尔（Pierre Bonnard, 1867—1947），法国画家、雕塑家、插图画家。

1936年10月1日

背扭伤了，脸上挂着汗水，指甲磨坏了。这两天，我把我的书都从家搬到了2号乙，并做了一些标签贴上去，还根据作者姓氏的字母顺序列了几张清单。店里还是空空的，但要满怀希望，至少在起步的时候。

1936年10月5日

离重要日子还有一个月，我们发出了邀请。父亲额外给我带来了几十本书，是他在工作中得到的，正好补齐我的藏书。

1936年11月3日

开业的日子！清晨醒来，温和的冬季。阿拉伯咖啡馆的服务生是个瘦高个儿，表情冷淡，眼神却温柔，还留着漂亮的黑色胡髭。他提醒我，可别信这个天气，冬天会很严酷，会带走很多穷苦人。听上去像

是对世界末日的预言。我心情紧张地来到书店：万一
没人来怎么办呢？

1936年11月19日

自开业以来，很多顾客涌到"真财富"买书或借
书。他们从不赶时间，什么都想聊一聊：作家、护
封的颜色、字号大小……顾客主要是教员、大学生
和艺术家，也有几名工人，省下钱来买小说。伟大
的历险开始了。

1936年12月24日

就在圣诞节前夕，《阿尔及尔回声报》刊登了关
于"真财富"的文章。

1936年12月25日

读《海之盐》，作者是马赛人加布里埃尔·奥迪

西奥①，他父亲当过阿尔及尔歌剧院院长。这本书充
满了青春的气息和突尼斯的阳光。地中海万岁！我一
定要写信给奥迪西奥。也许他会给我点东西出版。

1936年12月31日

好多事情要打算：准备订货，记下别人告诉我
的印刷商地址，还有不能忘记的约会。当然，还要把
书名抄下来，寄给印刷商，谈好价钱、印数、交货日
期。把包裹送到邮局，付账，管理财务，这些都是
出版商的工作，和阅读手稿的活儿一样多，甚至要更
多！我在一个大本子上画出两列，尝试记账：一列是
开支，开支很多（杂费、版税、印刷费、分摊费）；
另一列是收入，少多了，只有几百法郎。

---

① 加布里埃尔·奥迪西奥（Gabriel Audisio, 1900—1978），法国
作家、诗人。

二

　　里亚德搭最后一班飞机到达阿尔及尔的时候，天已经黑了。他头发凌乱。没有人在等他，也没有人认识他。尽管时间已经不早了，但机场里到处是游手好闲的人和几个无家可归的流浪汉。我们去机场不仅为了迎接亲人，也因为喜欢看那些即将飞走的人，想象有一天自己也能去某个地方。里亚德走出机场，神色慌张，一脸茫然。一个长满青春痘的年轻男子对他喊："1000第纳尔①，想去哪儿我送你。"

　　黑车司机打开无线电广播，主播正在滔滔不绝地

---

① 阿尔及利亚、突尼斯等国货币。

谈论足球和政治。里亚德趁机看看窗外，马路空荡荡的，城市照明不好，餐馆都打烊了。司机伸出手臂，指了指远方。"看，那边，你永远不会看见光。那是卡斯巴哈，一个黑洞。"里亚德笑笑，没有回答。又开了几分钟，汽车开始减速，最后在沙哈街的一头把他放下了。街区沉寂，黑暗，寒冷。司机开车走了，再也没多说一句话，他知道夜里的客人不愿开口。而且，我们都知道在深夜，语言会带来什么：悲剧会像波浪一样汹涌而来，相互撞击，发出巨响。

里亚德走近2号乙，并没有特殊的标志表明这是一家书店，门面很脏。透过金属网，他看见巨大的玻璃窗上写着"读书之人价值倍增"。他的右手边有一家比萨店，左手边是一家杂货店，两家店都关着门。狗叫声把里亚德吓了一跳。他刚到，却已经知道自己不喜欢这条街。他在口袋里摸索从巴黎带来的钥匙，把它插进门锁里，抬起金属网，金属网发出阴森恐怖的声音。他用第二把钥匙开门，使劲推，门才打开。里面黑洞洞的，他只得小步往前走，闻着屋里的霉味，竖起耳朵听动静。明知只有他自己，可还是害怕。他打开开关，灯光刺眼，几百本书盖住了墙壁，有几个旧书架被书压塌了，橘色的标签将书籍分门别类：历史、文学、诗歌……按照字母顺序排列。深色的木地板上积满灰尘，几本杂志凌乱地放着，房间最里头有一张巨大的木头办公桌，朝着大门摆放。到处挂着黑白照片，里亚德注意到了肖像下面的名字，大多不认识：阿尔贝·加缪、于勒·洛瓦、安德烈·纪德、卡特波·雅西内、穆路德·弗哈昂、埃玛纽艾尔·罗布莱斯、让·安鲁什、伊姆·布拉希米、穆罕

作家加缪

默德·迪布。①房间中央的天花板上有一幅巨大的肖像，一个微笑的男人戴着黑色眼镜，秃顶，神情疯狂而睿智，注视着房间。他就是爱德蒙·夏洛。

疲惫的里亚德爬上小小的木楼梯，知道阁楼上有一张床垫。他倒在床垫上，头顶的天花板是彩色方格，绿色、红色、黄色、蓝色。睡吧！明天就要清空这里。

里亚德醒来，脑袋昏昏沉沉。他站起身，行李箱就在脚边。想起"嘎吱"一声刹车的地铁，去机场的班车，走廊，一只只装满回忆的沉重行囊，指甲里、毛孔里和嗓子里黑色的尘垢。风和乌云。正要着陆的时候，飞机一阵颤抖。一个女人大叫，她的小宝宝吓得哭起来。就在轮子接触被微微照亮的地面之前，透过舷窗，里亚德似乎看到鸟儿飞过。接着，过海关，和胡子也遮不住满脸青春痘的年轻人一起进行的旅

---

① 卡特波·雅西内（Kateb Yacine, 1929—1989）、穆路德·弗哈昂（Mouloud Feraoun, 1913—1962）、埃玛纽艾尔·罗布莱斯（Emmanuel Roblès, 1914—1995）、穆罕默德·迪布（Mohammed Dib, 19920—2003）均为阿尔及利亚法语作家。

程。路上的夜晚，卡斯巴哈的黑洞，大街后面的小巷，书店，旧床垫，破了好几个洞的被子。他的手机在这里用不了，只能看看时间。早上7点，街道即将醒来。天色亮起来，仿佛用橡皮擦过，从黑色变成了铁灰色。听见几只猫在打架，阿尔及尔每天早晨都有猫在打架。里亚德仿佛看见积满水汽的乌云下面，一只猫全力扑向另一只。

十天前，他坐地铁从学校回家，把头靠在车窗玻璃上，想摆脱周围的喧哗，卖唱的乞丐，还有婴儿车里哭闹的孩子。他陷入了沉思，一想到实习毫无头绪就焦虑不安。已经遭到了几十次拒绝，有些说明了理由，有些却没有。到站了，他打算去常去的酒吧。那里没什么吸引力，但他可以对着一杯啤酒，安安静静地思考。他在柜台前坐下，边上的男人已经喝多了，醉眼蒙眬。里亚德感到手机在上衣口袋里震动，是父亲发来的电子邮件：

儿子：

你妈妈说你一直没找到实习单位。不如去阿尔及尔。一个朋友跟我说，他的朋友在市中心买了一家书店。老实说，它不仅仅是一家市立图书馆。附近居民虽然不常去却很依恋那里。你知道的，我们只有在失去的时候才会意识到我们的财富！新房东打算把房子改成餐馆。卖炸糕，各种各样的炸糕，一定能挣很多钱。在那儿，一块炸糕总是比一本书值钱得多。他好几次让国家图书馆把书收回去，但没人答复。他不想再等下去，需要找人尽快把房子清空，然后重新粉刷。你大概要花一两个星期。那里有一间小阁楼，阁楼上有一张床垫，你可以睡觉。我朋友会给你签实习协议。另外，他会给你发一封邮件，还会把钥匙给你。

再见。

爸爸

两天后，他收到了这个朋友的来信：

里亚德：

你好吗？你爸爸说你长大了，以后就是个男子汉了！实习的事没问题，会有人在你的实习协议上签字盖章。有问题联系我，我朋友经常旅行，没时间管这个事。什么都别留，全部扔掉或者让人处理掉。不要跟邻居交谈，尤其是那些商贩。要紧的是把书店里的所有东西清空，然后重新刷白，越快越好。我会把需要的费用给你，还有钥匙。

以下是书店里的物品清单。

谢谢。

需要扔掉的物品：

1009本法国或外国作家的法语小说。

132本阿尔及利亚作家的法语小说。

222本阿拉伯语小说。

17本宗教书。（扔之前把书藏进黑色垃圾袋里，免得惹麻烦）

42本诗集。（你要是有女朋友，可以留下一两本送她。其余的，垃圾桶）

18本科学书。

9本心理学著作。

26本历史书。

171本童书。

38本戏剧剧本。

19本电影著作。

一些黑白照片。

一张巨幅彩色肖像。

一张橡木办公桌。

一个打不开的抽屉。（还有一道明显的裂口）

一盏旧灯。

一块生锈的布告牌，上面写着"属于年轻人，依靠年轻人，为了年轻人"。

阁楼里有一张床垫。（干活期间，你可以在上面睡觉，之后就可以扔了）

一些纸张。

一把扫帚。

一个水桶。

里亚德只来过一次阿尔及尔，6岁那年，陪父亲来探望他的兄弟。那时，里亚德觉得这座城市很可怕。叔叔把他领到女儿的房间，叫他们安静地玩耍。里亚德的表妹比他小1岁，却比他高了10厘米。她顶着硕大的脑袋，头发卷曲得厉害，乱蓬蓬的，似乎竖着长。她用细绳把他的双手绑在背后，一边冷笑一边狠狠地抽他耳光。

从那以后，里亚德对这座城市，对比他高的女孩子，对鬈发，打心眼里不信任。他再也没有回过阿尔及尔，一通过中学毕业会考，就到巴黎继续学业，多亏了在君士坦丁①当药剂师的父亲的积蓄。

　　这天早晨，在阿尔及尔。书店里整面墙都是书，像是在迎接客人，里亚德却感觉自己很脆弱。他从不喜欢阅读，没觉得这些印刷、装订、胶装的纸有什么魅力。他坐在办公桌后面，试图打开抽屉，没有成功，只好放弃。他走近那些书。有些很大，有些很小，像许许多多部落。有些书的封面撕破了或是弄脏了。爱德蒙·夏洛监视着他的一举一动。照片里的男人似乎在笑，里亚德放心了。他打开书店的门。天还没亮，路灯亮着。白色的楼房映衬着金色阳台和蓝色百叶窗。几个路人快步走在街上，竖着大衣领子，低着头，像在数自己的脚步。天下着雨，地上开始出现小水洼，雨连成了一张网。对面站着一位老人，挂着手杖，肩上紧紧裹着一块白布。里亚德没看出来那白布是什么。

---

① 阿尔及利亚东北部城市，距离阿尔及尔300多公里。

　　他走出门，避开老人的目光，在隔壁杂货店停下。一半货摊空着，稀稀拉拉的商品杂乱地堆在一起。坑坑洼洼的苹果，绿绿的生菜，一打打卖的挂锁，细细的红椒，像小时候妈妈在他鼻子底下晃的那种，妈妈说要是撒谎就让他吞下去。还有透明的塑料拖鞋，三块一起卖的格子抹布以及罐装果酱，上面写着"100%水果，100%糖"。商贩是一个笑眯眯的男人，留着漂亮的灰色络腮胡，招呼他：

　　"你好啊，朋友，想要点什么？"

　　"我想买点涂料。这儿有吗？"

　　"没有，朋友！你很难找到涂料，你知道的。"

　　"是吗？"

　　"是的！全城都缺货。"

　　"什么时候开始的？"

　　"昨天。"

　　"会补货吗？"

　　"不会，经济危机了。生产商和经销商明争暗斗。具体情况我不知道，不过，在城里，你肯定买不到涂料了。"

　　"糟糕！"

"是的，而且新的法律规定，禁止从国外进口。"

"你不能帮我搞一点吗？"

"不能，不过谁知道呢？也许事情很快就会解决。要有信心，祷告，相信奇迹。来，送你一个苹果算是安慰吧！小礼物。"

"谢谢。"

里亚德不敢挑三拣四，伸手拿了离他最近的那个。杂货商目送他离开，神情忧虑。今天早晨，阿卜杜拉醒来之前，我们聚在一起。满脸痘的黑车司机告诉我们，半夜他刚把一个年轻人送到2号乙。我们知道金属门帘已经抬起来了。猜测里亚德为什么在那儿，我们知道"真财富"即将消失。没几分钟，消息就传遍了街区，一桶涂料都买不到了。

里亚德走上哈马尼街。我们透过窗户看到他在萨义德咖啡馆门前站住，咖啡馆正准备营业。雨篷刚刚展开。服务生是一个棕色头发的家伙，样子像僵尸，满头发胶，垂着眼袋，上唇因为嚼烟变了形，他正把搁在桌上的塑料椅子拿下来。里亚德迟疑着，但服务生喊他坐下。

"喝点什么？"

"请来杯咖啡，不加糖。"

里亚德拉了拉袖子，盖住冰凉的手。他又想起书店门前的老人。他从哪来？为什么肩膀上裹着看上去很重的白布？为什么那双玛瑙一样的黑眼睛盯着他看？

几天前，里亚德坐在另一家咖啡馆里，在巴黎，和克莱尔一起。尽管天很冷，也快暗下来了，但他们不想走。服务生一边收拾桌子，一边向他们投去厌烦的眼神。他们终于站起身，咖啡店的人松了口气，在他们身后关了店门。克莱尔和他沿着塞纳河的河岸，边走边回忆上次在普罗旺斯的假期，早晨把他们叫醒的知了，赭红色石头的村庄，一望无际的田野。克莱尔眼中含笑，不耐烦地跺着脚，不停地说她再也受不了雨水、寒冷和雾气，她的整个身体都渴望阳光。而他一直观察着她，什么都看在眼里：眼睛闪闪发亮，微笑浮现，隐藏，再次浮现，双手下意识地放在他胳膊上。

"萨义德"的服务生端着一大杯咖啡回来了，白色咖啡杯上印着"USMA"，是阿尔及尔一家足球俱乐部。

"今天不是个好日子。这天气，没什么生意。大家怕下雨。"

里亚德点了点头。乌云密布。两个花甲老人，胳膊底下夹着报纸，一边大声讲话一边坐了下来。

"大蒜要卖1500第纳尔，你知道吧？"

"那你看到香蕉的价格了吗？几个月时间，从60第纳尔涨到680第纳尔了。"

"他们抽了石油，现在怎么样呢？经济危机，现在经济危机了。"

"大伙很快要挨饿了。"

"事情严重了，我的朋友，太严重了。"

"怎么办呢？"

"没法子，什么法子都没。"

"真惨。"

"太惨了！"

"还什么都不能说，他们把所有人的嘴都封上了。"

"没错，没错，我们什么也不能说。"

"世界上只有我们这个国家，政府找人民算账，而不是倒过来。"

"可不是！他们动不动就冲我们发火。"

"年轻人在干什么？什么也不干！"

"他们什么也不会干的。我儿子20岁了，成天对着电脑。蠢货！"

"我儿子整天睡大觉。我要是不小心开了他的房门，他就叫起来，像一头挨宰的母牛。"

"这代人算是完了！"

"哎，你，小伙子！"

里亚德向两人转过身去。

"嗯？"

"你们年轻人在干些什么呢？你们还在等什么？干吗不上街游行？怎么这么懦弱？"

"我不知道！"

"我不知道！"

两人放声大笑，继续他们的谈话：

"我觉得他们在食物里加了点东西。"

"谁？"

"政府的人。他们把违禁品加到食物里，让头脑变弱，所以我们才任人摆布。我在一个博客里读过一篇相关的文章，很有意思。"

"就像给强奸犯用的药？"

"对，差不多。我敢肯定他们发明了一种药，让我们变得更听话，否则不会这样！"

"可还是有人游行，很多城市发生骚乱……昨天，我还在社交网络上看到一个视频，是在南部发生的一次暴乱。警察殴打了年轻人。"

"是啊，这些人可能比一般人吃得少……我跟你说了，他们在给我们下药！"

里亚德三口两口喝下滚烫的咖啡，在桌上留了几枚硬币。他走到街上，在一家面包店门口停了下来。柜台后面的女人很矮小，勉强能看见她的脑袋在收款机后面。她的头发用一条紫色头巾遮住，眼皮上抹了粉色的眼影。

"你好，我想要……"

"我不卖涂料。"

"什么？"

"您想要什么？"

"呃……一个羊角面包。您刚才说不卖涂料？"

"不卖。给，孩子。祝你好胃口！愿真主保佑你。"

　　风吹动棕榈树枝。下雨了，起初是绵绵细雨，接着越下越大。里亚德朝书店跑去。当他冲进书店时，他看到了早上那位老人，肩上裹着白布，雨水淌在脸上。一群孩子飞奔着去避雨，路灯的灯光倒映在水洼里，路面开始闪闪发亮。几分钟后，这条街就没人了，只剩下阿卜杜拉。里亚德迟疑着朝老人招手，老人看上去高大无比，有些疯疯癫癫。最终，里亚德走到人行道上和老人站在一起。在被雨水湿透的白布下，阿卜杜拉穿着一件栗色的旧西装，质量差但干净，还没有淋湿。

　　"你好，孩子。"

　　"你好，先生，你不想回家吗？你待在雨里会淋坏的，这块布湿了，披着一定很沉。"

　　"不，我在这里很好。"

　　阿卜杜拉裹紧了湿透的白布。

　　"你确定？你住得远吗？"

　　"不远，我就住这里。"

　　他含糊地指了指路。

　　"这里？外面？"

　　"不是，这里，这里。"

他又指了指路。

"要不要进来待一会儿？我给你来一杯咖啡。"

"进去？进书店？"

"是的。"

"不，我还是待在这里吧！"

"我能帮你做点什么？"

"不用，我还没有残废，而且我有手杖。你叫什么名字？"

"里亚德。"

"我叫阿卜杜拉。你姓什么？你是谁的儿子？"

"我父母的儿子。"

"傻瓜。你父母在哪儿，他们是干什么的，谁认识他们？"

"他们住在君士坦丁。"

"哦，你不是阿尔及尔人。"

"谁都不是阿尔及尔人，先生，这是一座外乡人的城市。"

"这倒是，千真万确……你喜欢看书？"

"不……你知道，书和我……"

"书和你，怎么了？"

"都不喜欢彼此。"

"书喜欢所有人，小傻瓜。"

"好吧，是我不喜欢书。先生，你不想进来吗？我们得找地方避一避了，雨太大了。"

"这是真主的恩赐。"

"我们会淋成落汤鸡的。"

"看看你的周围。这些东西在这里很久了，几百年了，不是一点雨水就能让它们消失的。我自己也扛过了很多暴雨。不用害怕雨，我们能有什么事呢？"

"心绞痛、流感、肺炎。"

"如果有人更爱生病，而不是看书，那他在书店里做什么？"

"我得把书店清空，还得重新粉刷。"

"为什么？"

"这是我的工作。"

"毁掉一家书店，这也算工作？"

"是实习。"

"实习？你想当图书馆破坏者？这也算职业？"

"不，是工程师。"

"工程师从来都是建造，而不是破坏。"

"我得先作为工人实习。"

"你到底是工程师还是工人？"

"我必须实习，干点体力活，这一年的工程师课程才算修完。我把地方腾空，重新粉刷，然后离开，不用思考那么多。"

"你去一家书店，却不是为了思考？"

"我只需要把它清空，而不是读店里的书。"

"哪个大学教你这样的事？"

"我从巴黎来。"

"得了……把法国的破坏者给派来了。'工人兼工程师'，好吧，先生！这里的东西都不够好！你们年轻人就知道破坏。"

"我们年轻人，我们年轻人……"

"什么？"

"没什么，'我们年轻人'，什么都不是。我们不过是收拾你们留下的这一摊子。"

"谁派你来的？"

"没谁，我只是接了这份工作。我冷，我们应该进去了。"

"天气不冷，是你脑子里觉得冷。谁派你来的？

谁让你干这活儿？他叫什么名字？"

"我不认识他，他认识一个人，那人又跟我父亲说起这件事。"

"哪怕是破坏，也得有门路……得了……哪儿都一样：走后门、贪污腐败。到处都一样！从墓地看守到国家元首。"

"阿嚏！"

"回去吧，孩子，你会生病的。但愿你从法国带了药来，因为这里的药丸都是酵母片，会把我们慢慢折磨死。"

"你呢，你不回去吗？"

"不，你走吧，让我安静些。"

里亚德留下老人独自在雨中，自己回到书店，在朝向大门的巨大木头办公桌后面坐下，坐在唯一的椅子上。风仍在呼啸，奏着阴森的交响乐。透过巨大的玻璃窗，可以清晰地看到阿卜杜拉变形的侧影，他拄着手杖，白布在身上飘荡，仿佛一条奇怪的天国的头巾。

（阿尔及尔，1939年）

　　阿尔贝·加缪坐在"真财富"书店的台阶上，叼着一根香烟，正在改稿子。几名阿拉伯小学生从街上走过，穿着打补丁的衬衫和破了洞的鞋子。一位牧师走在最前面。我们就是少数几个把孩子交给传教士的人，他们向我们保证，这样孩子们就能摆脱贫穷，因为他们能学会认字，还能免费寄宿。我们知道，他们不能再讲阿拉伯语或柏柏尔语，还要参加弥撒。他们放假回家，我们就会检查一下，看看他们还记不记得自己的语言、传统和宗教信条。他们把仅有的几本书给没能上学的伙伴们看，教他们字母，回到田里或工厂里干活，然后返校。

沙哈街，一群孩子跟在一只气球后面跑，撞到一个女人。她吼道："邋遢小鬼！"夏洛走过来，和加缪一起坐在门口，微笑着看他们。一群小女孩在一家咖啡店露天座乞讨。胖胖的店主抱怨："这样的人越来越多了。"

爱德蒙·夏洛的记事本

（阿尔及尔，1937—1939年）

1937年1月2日

格雷尼耶没有忘记他的承诺，他交给我一份手稿，标题很美，《圣塔克鲁兹和其他非洲景致》。我迫不及待地读到最后一页！我拿着尺子、裁纸刀、描图纸和校样，花了一晚上制作封面。我想向勒内-让·克罗订购扉页插画，他毕业于阿尔及利亚美术学院，很多作品令我赞叹。发行量550册。

1937年1月4日

和同学克劳德·德·弗雷曼维勒①一起吃晚餐。他刚刚继承了一小笔遗产，所以开了一家印刷厂。他

---

① 克劳德·德·弗雷曼维勒（Claude de Fréminville, 1914—1966），法国出版商、作家。

很自豪，我理解。从今以后，克劳德·德·弗雷曼维勒印刷厂和夏洛出版社将联手出版发行量很少的著作。

1937年1月17日

我归还了波纳尔的画，觉得很少有顾客对他的杰作感兴趣。

1937年2月9日

我们为书店制作了一张海报，也许太严肃了。我不确定，得征求一下朋友们的意见。

精美装帧与精选作家相得益彰，

为儿童及其他年龄段的所有读者严选书籍，

初版，手绘插图。

大师油画，

洛朗兹复制的雕塑，

在"真财富"能买到的精美图书。

1937年3月12日

让·帕讷想离开阿尔及尔，去卡比利定居。他有个疯狂的计划，想为土著开一家艺术学校。阿尔贝·格里马叔叔慷慨解囊，给了我一小笔资金，帮助我买下帕讷的股份。从现在起，古斯通太太和我，我们经营两个人的公司。不能忘记众多朋友宝贵的援助。说实话，这份事业里有一部分是他们的。

1937年3月20日

晚上和父亲在一起。关于纸张，我们聊了很长时间：气味、手感、新旧差异。我本人特别喜欢日本纸，微微的象牙色让书别具一格，而仿羊皮纸就差远了，没有纹理，太光滑，太完美。

1937年4月1日

朋友索弗尔·伽列罗到书店看我，一起来的还有他在卡斯巴哈的邻居伊姆·布拉希米，又叫"姆姆"。伽列罗从小学开始就是这副神情：微微皱着眉头，似乎听不懂别人对他说的话，在他自己的世界里是个局外人。他是个有天赋的画家，在学校的时候，他超过了老师。我看出他有烦恼。阿尔及尔学院要他办一次展览，当然，既没给他补助，也没提供场地。钱都花完了，他不知道该去找哪家画廊。我向他推荐我的书店。我们把雕塑放在书架上、书旁边，把油画挂在高处。他仍然皱着眉头，但脸上露出了微笑。展览会成功的，我敢肯定。我很喜欢伊姆·布拉希米，大伙都叫他"姆姆"。他的法语、阿拉伯语和卡比尔语都讲得很好。所以说，他很聪明，会成为大作家、大诗人，或者别的什么大……

1937年9月29日

在《阿尔及尔回声报》上登了广告：出售二手经典著作及侦探小说。"真财富"书店，沙哈街2号乙。短短两行字夹在两则广告中间，一则卖柏树，另一则是一位独居女士想找房客。所有看到广告的人都来跟我聊，我试图把不同广告联系起来。如果我买这

棵柏树送给那位孤单的女士会怎么样？也许她有一些
侦探小说？也许她长得很美？也许她的皮肤很细腻？
胡思乱想。

1937年12月22日

书籍借阅进行得很顺利，很多大学生喜欢这种形
式，每个月只要花一点点钱就能借书。至于销售，不
挣什么钱，但我们能维持。每天早上，我来到书店，
站在小小的台阶上，注视这个属于我的地方。有时，
我会呆呆地站很久，隔壁咖啡馆的服务生担心起来，
问我有没有事。没事儿，一切都好：书按字母顺序整
理好了，正上方是艺术书，有资格进入书店的只有文
学、艺术和友谊。

1937年12月28日

遇见埃玛纽艾尔·罗布莱斯，年轻的奥兰[1]人，
祖籍西班牙。目前，他在阿尔及尔地区服兵役。他耐

---

[1] 阿尔及利亚第二大城市，距离阿尔及尔西南430公里。

心又内敛，与他交谈如沐春风。他告诉我，他有一本
书即将出版。我很想读一读。

1938年2月15日

今天，我庆祝了自己的23岁生日。我坐在办公桌
后面过了生日，整理发票，读顾客来信，他们想订这
本或那本书，准备信封和要寄的货，把没用的杂志和
广告扔掉，填表格。枯燥乏味。这一切占满了小小的
办公桌。什么都不能忽视，但我越来越没时间关注文
学，而文学才是事业的核心。

1938年2月27日

每星期，我都犹豫要不要把艺术类图书换个地
方，可是书店太小了，空间不够。

1938年2月28日

《南方手册》杂志里，有加布里埃尔·奥迪西奥的一篇精彩文章，关于格雷尼耶的《圣塔克鲁兹和其他非洲景致》。一两年前，我在阿尔及尔遇到过杂志主编让·巴拉尔①。尽管天气炎热，他却拒绝脱掉格子大衣。那是个出色的人物，非常善于经商，和我正好相反！他努力说服我向企业推荐他的杂志，因为他需要广告。我可悲地失败了。和外祖父相反，我做生意没什么天赋。

1938年3月4日

古斯通太太哭着来到阁楼。她和孩子们日子过得艰难，必须找一份真正的工作。她不想再冒险。

---

① 让·巴拉尔（Jean Ballard, 1893—1973），法国作家、出版人。
　1914年创办文学杂志《南方手册》（*Cahiers du Sud*）。

1938年3月19日

病了，被流感击倒。很不幸，不得不卧床。不过，我还是读了手稿。玛农照顾我。不久前，漂亮的玛农闯入了我的世界，我再也不能没有她。

1938年4月20日

太多热情，太多想法，让我周围的人筋疲力尽。计划没完没了，但我不得不压制那些伟大的梦想，因为资金实在不足，只能回归现实。

1938年4月23日

几名腼腆的大学生亲自给我送来他们的手稿，是用墨水写的，还细心地自留了一份副本。

1938年5月17日

和路过阿尔及尔的加布里埃尔·奥迪西奥一起吃午饭。聊出版和文学,聊了很久。我对他说,我不追求协调,我出版的首先是我所喜爱的,只有那些我觉得在媒体和读者面前当之无愧的书,我才会出版。我必须全身心投入。对于工作,我就是这么设想的。作家必须写作,出版人必须让书拥有生命。我觉得无论在什么情况下,这个想法都适用。文学太重要了,我不得不投入所有时间。

1938年5月25日

搬到了丽都帕克街。离开家了!

1938年6月7日

同加缪和奥迪西奥谈论将要办的杂志《海岸》,两个月出一期。杂志将评论一些新作家,已经决定明年出一期关于西班牙作家费德里科·加西亚·洛

加缪在《海岸》杂志里加入的说明文

尔迦①的特刊，向被反对共和制的士兵杀害的诗人致敬。一想到他的书在格拉纳达的卡门广场被烧毁……可怜的人！

第一期预计年底出版。

1938年7月11日

到奥兰和君士坦丁旅行了好几趟，回到阿尔及尔。我横穿了整个国家，可惜，既没时间也没钱穿越

① 费德里科·加西亚·洛尔迦（Federico Garcia Lorca, 1898—1936），西班牙诗人，他的诗结合了西班牙民间歌谣，形成一种全新的诗体，对世界诗坛产生了巨大影响。

边境去突尼斯市，否则我很想去向阿尔芒·吉贝尔[①]致意，我很欣赏他的工作。我觉得，他的杂志《野蛮手册》独一无二。

1938年7月13日

我终于攒了一点钱，平衡收支，但整体上还是很脆弱，随时可能垮掉。

1938年7月15日

给阿尔芒·吉贝尔写信："您能否交给我一份手稿？随笔或诗歌，随您的便。如蒙不弃，我非常希望'地中海'丛书能收录您的作品。当然，您将拥有450册书中所有给新闻界的书和25册作者样书。您的作品完全归您所有。书或于11月或12月出版。"

---

① 阿尔芒·吉贝尔（Armand Guibert, 1906—1990），法国诗人、作家、出版人、杂志主编。1934年在突尼斯创办杂志《野蛮手册》，1941年在阿尔及尔和爱德蒙·夏洛有过合作。

1938年7月18日

约瑟夫外公去世，让·萨尔瓦托·农齐亚托·乔治·格里马，享年82岁。他倒下了，我感觉自己更像孤儿了。

1938年9月19日

读完第二期《书友报》，我给阿德里安娜·莫尼耶写信，告诉她我对她的书店很有好感，以及她如何影响我和阿尔及尔的朋友们，还说了一则她一定感兴趣的社会新闻：一个不规矩的书商卑鄙的欺诈事件。他从讣告上抄下逝者姓名，给他们寄去定价高昂的书籍，并要求他们的家人付账。真是好买卖！

我在印着书店抬头的漂亮信纸上，向她叙述了整件事。"真财富"的标题是不是印得太大了？问问弗雷曼维勒或加缪。

1938年11月3日

"真财富"开业两周年！我们熬过了前两年，也一定能度过今后20年！看着夏洛出版社的书，我很自豪。可是算算账，就骄傲不起来了。这份工作让我不得不丢下玛农、家人、朋友……整日读手稿，看账本，赴很多应酬，去印刷厂，还有无数管理上的琐事。这一切让我筋疲力尽，却也乐在其中。

1938年12月17日

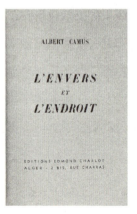

夏洛出版的加缪的《反与正》

今天，顾客还是只对最新的获奖作品感兴趣。我试着给他们介绍新作者，鼓动他们买加缪的《反与正》，他们根本无动于衷。我跟他们谈文学，他们谈的是成功的作者。

1938年12月28日

工作不容易，但建起了人际网络，结下了友谊。加缪常到书店帮忙。他填写订阅卡，有点零钱就来买书和借书。他坐在台阶上或小阁楼里，写作、阅读或帮我修改手稿。在这里，他就像在自己家一样。

昨天，我告诉他，我已经把他的第一本书《反与正》的350册全部卖掉了。

1939年1月18日

收到格拉塞出版社一封奇怪的来信，他们很吃惊，我这家书店竟然独自卖出好几百本赖内·马利亚·里尔克①的《给青年诗人的信》。我的书店籍籍无名，他们从未听说过。

---

① 赖内·马利亚·里尔克（Rainer Maria Rilke, 1875—1926），奥地利诗人，代表作有《祈祷书》《新诗集》《杜伊诺哀歌》等。

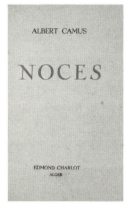

ALBERT CAMUS

NOCES

EDMOND CHARLOT
ALGER

夏洛出版的加缪的《婚礼集》

1939年1月31日

读了加缪的稿子《婚礼集》，标题很美。我们在阿尔及利亚经历的事，书里全都有。非常让人感动，但我和加缪之间有一种古怪的腼腆，我跟他谈论这本书的时候，会克制内心的激动。这书将在5月份出版，发行量很大，1225册。

1939年2月9日

朋友马克斯-保勒·富歇帮我关了店门，然后我们一起去喝了一杯传统茴香酒。他跟我说起他父亲在前线抢救受伤的德国人时中过毒气。10年后，父亲临终前让他保证永远"向德国人伸出援手"。就在这时，女招待过来了，马克斯-保勒为她朗诵了一首他的诗。那年轻女人开心得脸上泛起红晕，被我朋友的热情、口才和教养所吸引。看到他如此英俊潇洒，我很高兴。他从西蒙娜·依埃的背叛中重新振作起来了，西蒙娜离开他，嫁给了加缪，然后又对加缪不忠。女人的事是友谊的疮疤，可若是没有她们，啊，没有她们……一切都没了可能！

1939年3月17日

马克斯-保勒·富歇加入了夏尔·奥特朗①的杂志《密特拉》，并将它更名为《泉》，该名出自英国作家查尔斯·摩根②的一本书。他想让我来出版。为了和《密特拉》保持某种连续性，我们从第三期开始。

1939年5月7日

星期天，和让·格雷尼耶一起在海德拉公园散步，海德拉是位于阿尔及尔山丘上的住宅区。

我很高兴。

---

① 夏尔·奥特朗（Charles Autrand, 1918—1976），法国作家、诗人。

② 查尔斯·摩根（Charles Morgan, 1894—1958），英国作家，小说《泉》发表于1932年。

1939年7月22日

昨夜，同马克斯-保勒·富歇和埃玛纽艾尔·罗布莱斯聊了一整晚。我对两位朋友说："我从来没有把书店和出版社区分开来。从来没有。对我来说，这是一件事。如果有人没当过书商，或者不是书商，我不相信他能做出版。"还不如卖儿茶。我想这就像俄罗斯套娃："真财富"、出版社、书、画、朋友……是一回事。

1939年9月

应征入伍。我把书店交给了玛农和所有愿意打理它的朋友。

1939年10月

在《阿尔及尔回声报》上登了广告。短短两行："真财富"，沙哈街2号乙。下午5点到7点，会员阅览。

三

里亚德分拣办公桌上的信件，发现一些红色小贴纸，就拿来贴几何图形玩。他把一沓明信片丢进垃圾桶，其中很多是黑白的，看上去年代久远。他在其中一张上认出1950这个年份，犹豫了一下，还是和其他的一起扔了。还有几张发票和很多为各种事情寄来的请帖：开幕式、诗歌朗诵会、电影预映。其中一张请帖涉及的电影讲的是阿尔及利亚独立后的最初几年，里亚德在巴黎和克莱尔一起看过，在巴士底街区。他们坐在放映厅最后一排，中途，他在她耳边小声说了什么，一句傻话，彼此思想间的沟通，暂停的沉默。她没有回答，全神贯注看着银幕。里亚德把她留在了这些黑白画面中，留在这些往事里。终于，灯重新亮起。放映厅里大多是老年人，面色红润，白头发像羊毛。有几个老太太在哭泣，其他人看上去在生气。里亚德急忙抓住克莱尔的胳膊，把她拉到外面。她回想起人物的悲惨命运。"在阿尔及利亚，一切总是那么悲惨。"里亚德回答。她笑了，以为他是出于幽默。他们走在早已空荡荡的巴黎街头。

这些书让里亚德焦虑不安。他不喜欢一整行、一整页上密密麻麻全是字，他会头晕。看着白纸上的黑字，他想起了螨虫。他母亲很怕螨虫，在家从早到晚用消毒水擦洗。出版商和印刷商想到过这个吗？他们是否知道螨虫的危害？他们起码担心过吧？读者知不知道交到他们手上的是什么东西？他们贪婪地阅读，然后去药店，抱怨起了红斑，呼吸困难，长了脓包，皮肤破损。药剂师要是主张停止阅读，他们会愤怒。

黄昏，里亚德打开灯。下午，他忙着把书固定住，怕书掉到头上。克莱尔跟他讲过一个叫吉贝尔的作家的事。那人在塔尔纳①家中，爬上梯凳，想把一本书放回书架，没站稳。他想抓住书架，却在摔下来的时候把架子也拽倒了。有人发现他的时候，他被埋在书下面，已经死了。里亚德透过湿漉漉的玻璃窗，看到阿卜杜拉一直站在人行道上，脸部因为强烈的痛苦时不时抽搐一下。

年轻人开始干活。他拿着一个垃圾袋，把办公桌上的东西一股脑儿扔进去：信件、请帖、脏兮兮的旧茶杯、剪刀、记号笔、订书机、胶水瓶，还有一台切断线的红色电话机。接着，他从底层开始把架子上的书拿下来，动作缓慢而准确。里亚德忍不住瞥了一眼照片上一动不动的爱德蒙·夏洛。也许是因为这些作家的黑白照片，他有一种被监视的感觉，古怪又难受。他犹豫要不要马上把照片摘下来，但还是放弃了。

现在，花花绿绿的书在地上摊了一大堆。薄的，厚的，精装版，插图版，便宜的口袋书，经典版，老式皮面精装书。他看到几个书名：《婚礼集》，阿尔

---

① 省名，位于法国南部。

贝·加缪；《丰满的日子》，让·季奥诺；《城市的
高地》，埃玛纽艾尔·罗布莱斯；《国王之舞》，穆
罕默德·迪布；《大地和鲜血》，穆路德·弗哈昂；
《复仇俱乐部》，卡特波·雅西内……他重重地把一
本书放下，书里掉出一张折成三折的海报。他飞快地
读了一遍：

以前的爱德蒙·夏洛的"真财富"书店。注册方
式：携带两张证件照，一份学籍证明或工作证明，电
费收据或住房证明。每次借阅两册，借期两周，可续
借一次。开放时间：周六至周四，8:30—16:30。

书籍摆渡人爱德蒙·夏洛小传：书商、出版商，
出版过加缪、洛瓦、富歇、凯塞尔[1]、罗布莱斯、纪
德、加西亚·洛尔迦等人的前几部作品。占领时期，
自由法国的出版人……1936年5月，爱德蒙·夏洛以其
姓名缩写e.c.出版了《阿斯图里亚斯起义》，这是根据
加缪写的故事梗概集体创作的一出戏剧，被阿尔及尔
市政府禁演。11月3日，爱德蒙·夏洛的书店开业，
获季奥诺允许，用季奥诺一本书的书名作为店名。同

---

[1] 凯塞尔（Joseph Kessel, 1898—1979），法国记者、小说家。
1943年，爱德蒙·夏洛出版了他的小说《影子部队》。

年，他到卜利达①参军，在十个月里放弃经营书店，1940年重操旧业，被秘密投入巴巴罗萨监狱，在谢里夫附近被监视居住；1961年，他的另一家书店被毁，档案丢失；1962年年底离开阿尔及利亚前往巴黎，后重回阿尔及尔、土耳其、摩洛哥……在蒙彼利埃附近的佩泽纳斯开了一家书店，失明，2004年去世。

里亚德把海报揉成一团，特意把爱德蒙·夏洛的头留在外面，对准敞开的垃圾袋，大喊："进——球"。

他在书架顶部找到一个装满收据的红色大文件夹，也扔进了垃圾桶。

黑暗又开始笼罩街道。唯独那块白布，近乎虚幻的白色斑点，让人看出人行道上站着一位老人。里亚德饿了。走到外面，风抽打他的脸颊，他疲惫地叹了口气，朝隔壁的比萨店走去。比萨店的墙泛着油光，其中一面墙上贴着足球队的照片。穆萨一个人负责点菜，做比萨，上菜，结账。他穿着干干净净的蓝色罩

---

① 阿尔及利亚北部城市。

衫，三个口袋塞满收据。店里只有一些男食客，狼吞虎咽站着吃方形比萨，嘴张得大大的，露出破碎、发黄发黑的牙齿，嚼着烤过的面饼、西红柿和工业制作的奶酪。

（*德国，1940年*）

一些纳粹记者发表文章，写法国军队占领的北非国家境况，德国广播甚至开始播出阿拉伯语节目。我目瞪口呆地听着这群记者从柏林发来的报道，号召我们拿起武器，抵抗法国。据说德国士兵半夜降落在沦陷的阿尔及利亚村庄。他们带来罐头食品，把巧克力送给孩子们，还试图说服我们加入希特勒的军队，后者承诺把法国人赶出我们的国家。他们保证，有了德国人，我们的孩子都能去上学，阿尔及利亚将变成伊斯兰的土地。几年之后，我们将在这些村庄里找到德国的冲锋枪和头盔，祖父们会耸耸肩说："是一个年轻的德国兵降落在这里……给我们带来了食物，我们把他藏了起来。"

　　但是，法国军队需要土著。"胜利之日，祖国母亲不会忘记她的北非孩子付出的一切。"我们是擦鞋工、小商贩、牧羊人和在小块土地上种菜并拿去卖的菜农，有些还是孩子。我们讨厌欧洲，那里的工厂吞没了我们的父亲，他们回来的时候，我们看到他们被贫穷和劳累压垮。参军了，有人给我们发军服，对我们训话。我们在某种程度上成了法国人，但又不是真正的法国人。我们只是土著步兵，炮灰，被迫为一个国家而战，可又不真正属于这个国家。有人向我们灌输**"国家" "勇气" "荣誉"** 等诸如此类的字眼。

　　而事实上，我们在前线想到的是饥饿、寒冷、对这场战争的困惑以及那些阵亡的人，我们对着他们念几句《古兰经》的经文，然后用临时裹尸布将他们盖起来。我们在记忆里刻下死亡日期、地点，甚至景色，为的是能把一切讲述给遗孀、母亲或孩子。我们用所有语言向一切神明祷告。我们为这个国家而战，就好像它是我们的祖国。有香烟的时候，我们就一起抽，在进攻的间隙玩多米诺骨牌。我们被捉住，被扔进监狱，被折磨，被处死。我们中有人熬过了饥饿、炸弹、集中营，让妻儿在阿尔及利亚过着苦日子。他们每天晚上，满怀热忱地重复一句话："胜利之日，祖国母亲不会忘记她的北非孩子付出的一切。"

爱德蒙·夏洛的记事本

（阿尔及尔，1940—1944年）

1940年6月30日

遇到空军上尉于勒·洛瓦。热情似火，感情冲动，直率得令人吃惊。酷爱阅读。

1940年7月10日

复员了！我可以重新把握生活了。因为这场该死的战争，筹备起来很麻烦。加缪定居上索恩省，手稿往来不便。

1940年9月3日

将近四个月来，我买不到纸张。

1940年9月22日

午夜。听见飞机轰鸣。对加西亚·洛尔迦的《序曲》的出版感到满意，虽然经历了一连串的烦恼。书做得一点也不精致，纸张、字体、排版……在这个动荡的年代，一切都被无视。最要紧的是供给。尽力而为，用我们能买到的纸。

1940年10月30日

我们称之为"阿娜斯塔兹"①的审查，还有她的大剪刀。查封了献给费德里科·加西亚·洛尔迦的《海岸》第三期。他们到我家，把所有副本都毁了。我们的敬意连一点痕迹都没留下，但我们不放弃。

---

① "阿娜斯塔兹"是漫画家安德烈·吉尔（André Gill）于1870年创作的漫画人物形象，手里拿着巨大剪刀的老妇人，代表审查者的形象。

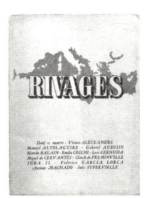

仅出版了两期的《海岸》杂志

1940年11月19日

书店里几乎没什么书了。我靠耍花招、哀求、吼叫，才能弄到纸张。忠实的顾客继续光顾，买走他们能找到的书，也就是说没什么书。

1940年12月7日

给埃玛纽艾尔·罗布莱斯写信，让他放心，虽然稍稍推迟，但他的《天堂河谷》要出版了："只剩下等待了。阿娜斯塔兹最后才会出手。"我已经在记者和读者那里打响了促销战，告诉了他们出版日期。

1941年1月3日

埃玛纽艾尔真的很担心。我得跟他解释。草稿：
"《天堂河谷》的出版困难重重。印刷商之后，是纸
商。我向您发誓，我很愤怒，最糟糕的是，我已经收
到订单了，因为我说过书出版了。"该死的纸！

1941年3月10日

加缪给我寄来了厚厚一沓稿子，里面有三篇文
稿，对他来说是一个整体：《局外人》《西西弗的神
话》和《卡利古拉》，合称《荒诞》。出色的作品，
我觉得比他之前让我读过的水平更高。出版这三部
作品？我会非常高兴，但依目前的情形，这是不可
能的：没有纸张，没有装订线，没有印刷商，说到
底……他需要一个在巴黎的、比我财力雄厚的人。

1941年3月13日

我告诉加缪，我不能出版他的书，建议他询问伽利玛。这场占领就像一只手，把我们的头按进水里，像一个永无止境的冬季。什么时候才能结束？

1941年3月19日

我弟弟皮埃尔和阿尔贝的弟弟吕西安·加缪加入了"真财富"。他们分担了很大一部分管理工作，对我帮助很大。

1941年6月7日

《天堂河谷》的校样终于可以寄给罗布莱斯了。我写信给他，请他读完之后直接寄还给加缪，加缪负责这本书的出版。松了口气。

1941年8月1日

罗布莱斯的小说又推迟了。《如何在战争期间成功出版》，应该写这样一本书！

1941年9月12日

终于！今天，罗布莱斯的《天堂河谷》开售。喜悦。

夏洛出版的斯坦因的
《法国巴黎》

1941年12月14日

年底各方面都有麻烦，但也有很好的计划正酝酿。马克斯-保勒·富歇越来越频繁地到"真财富"来。我们一起编美国女作家格特鲁德·斯坦因①的《法国巴黎》，她在书

---

① 格特鲁德·斯坦因（Gertrude Stein, 1874—1946），美国作家、诗人，后来主要在法国生活。

中（以充满幽默和诗意的笔触）讲述了童年在巴黎的趣事。

1942年2月4日

出版于勒·洛瓦的《为飞行员的三次祷告》，印数615册。薄薄十几页，没编页码。我只找到又厚又粗糙的纸，但忠实的勒内-让·克罗画了一幅出色的于勒肖像，我把它插在扉页。

1942年3月17日

我刚从监狱出来。坐了一个月牢！感谢格特鲁德·斯坦因在英国广播里机智宣称："我在阿尔及尔有个出版商，积极抵抗纳粹……"维希政府早就盯上了我。书印完三天后，警察大清早到家里来抓我。

他们洋洋得意地宣布："根据被赋予的权力，我们禁止夏洛先生离开住所。"然后，他们对我进行了长时间讯问，问我阿尔贝在哪里。"阿尔贝？哦，可我认识十几个阿尔贝。比如，那个叫阿尔贝的鞋匠，他补鞋

底和别的任何人都不同；或者邮递员的儿子阿尔贝，他
酗酒但人很好。"他们命令我别再说蠢话，老老实实交
待阿尔贝·加缪在哪里。"啊！阿尔贝·加缪！我不知
道他在哪，先生们。真的，我真的不知道……"

　　警察把我推上车，关进巴巴罗萨监狱，接着又把
我送到奥尔良维勒①附近的沙隆②监视居住。在监狱
里，我遇到卡斯巴哈的一位手工匠人，他被捕是因为
和一个撬保险箱的人长得有点像。也许哪天会写一写
这件事。

　　加缪在奥兰藏得很好。马克斯-保勒·富歇也被
追捕，躲进了美国领馆。我能被放出来，多亏了马塞
尔·索瓦热③，他是个伟大的记者，曾在突尼斯市经
营一家酒店，如今是《突尼斯-阿尔及利亚-摩洛哥》
杂志的主编。他成功说服了内政部部长。因为这件倒
霉事，格特鲁德·斯坦因的著作推迟出版了，不过书

---

① 阿尔及利亚北部城市谢里夫在法国殖民时期的旧称。
② 阿尔及利亚北部市镇布卡迪尔（Boukadir）在法国殖民时期的
　旧称，位于谢里夫市以西20公里处。
③ 马塞尔·索瓦热（Marcel Sauvage, 1895—1988），法国记者、
　作家。

店在玛农和朋友们的帮衬下继续运转。我更加相信，没有友谊，就不会有夏洛出版社。说到底，这是机缘巧合的事，多亏了友情和相遇。

1942年4月1日

战争波及之处，一切都乱了套。我再也找不到纸，找不到墨。我的最后一次尝试可悲地结束了：用订书机装订书，因为装订线没有了，只剩下肉店用的包装纸，不干净，很多细孔。

1942年4月6日

白天，和马克斯-保勒·富歇一起扮演实习化学家。我们在黑市上买了葡萄籽油，价格高得吓人，我不敢告诉玛农。我们把自己关在厨房里，花了很长时间把油跟烟囱里的炭黑和鞋油混在一起。我们弯腰对着大平底锅的样子，一定很滑稽！墨水接近黄色，略黑，脏兮兮。而气味，我从来没有闻过这么恶心的气味！

1942年4月17日

没有纸，没有装订线，没有墨，什么都没了。我在城里东游西荡，寻找任何可以发表、印刷、出版的东西。树叶？泥土？烂泥？我不知道该怎么办。

1942年5月18日

警察到"真财富"来，提醒我，要想得到纸张，必须首先向监察委员会提交手稿。混蛋！

1942年5月22日

在报纸上登了启事，高价收购古书及当代书籍（初版、珍本、精装书、插图版）。既然不能印刷，我就得收点书来卖。

1942年6月6日

弗雷德里克出生。第一个孩子。无比快乐。玛农慢慢恢复中。

1942年6月15日

给于勒·洛瓦写信，通知他，我必须把他的《天与地》的稿子寄给纸张分配委员会，他们读完之后决定是否出版。

1942年7月2日

拜访我的印刷商埃玛纽艾尔·安德罗。他已经尽力了，但结果是灾难性的。他告诉我："您的书保存不了很久，我们现在用的墨从两面腐蚀纸张……"不仅会损坏纸张，还会留下呛人的气味，久久不散。可我又有什么办法呢？这里只能找到轮转印刷机用的卷轴纸末端，人们管它叫"牛排"。纸上全是洞，让人觉得法国出版物品质低劣。也许有一天，有人会买到这些压印着"夏洛出版社"字样的书。他打开灯，凑上去，却只看见白色书页，发出恶臭，布满破洞。

1942年9月5日

我和阿歇特联系了，他们当面嘲笑我：他们已经没有库存。经销商没书了，从来没有过的事。一言难尽。一切都到了穷途末路，我很绝望。书架几乎空了，悲伤……为了出版几部书稿，得使出浑身解数。一旦有书上市，几乎立即脱销；可我几乎没什么纸张了，该怎么撑下去？

1942年9月11日

店里的书架一直空着。我每天都打开店门，因为朋友和陌生人都会过来看我，和我说话。我们到了这一步："真财富"没书了。

1942年11月8日

去马克斯-保勒·富歇家赴晚宴，他坚持要我去。我想我裹着从不离身的黑大衣，样子一定很凄凉。人很多，我很高兴遇见了勒内-让·克罗，还有初夏刚到阿尔及利亚的弗雷德里克·雅克·当普勒，他是个年轻军人，热爱写作和优美的诗歌。在场的还有犹太说唱女艺人阿涅丝·卡普里，她在阿尔及尔避难。气氛很热烈，所有人打着隐语谈论晚上将要发生的事。凌晨4点，我回到家，一小时之后，美国人登陆了！马克斯-保勒担心我们被捕，于是我们聚在一起，保护自己。

我们摆脱了维希政府，成了自由法国的首都！

1942年11月12日

这几日订购、进货，忙得不可开交。纸张又开始在市面上流通了。

1942年11月21日

加缪在他疗养的利尼翁河畔勒尚邦①被困。他本该坐船返回阿尔及利亚，但美军登陆让他措手不及。

———————

① 法国东南部上卢瓦河省的市镇，是著名的疗养地。1942—1943年，患肺结核的加缪在此疗养。

他的妻子弗朗西娜先回来了，她悄悄告诉我，他的经济状况很糟。可惜，两国之间被阻断，我没办法帮他把钱弄到法国。

1942年12月2日

再次被动员，我作为海军上将巴尔若的助手加入了临时政府，负责宣传。我在新闻部主管出版。我们计划成立"法国出版社"。一个入伍的年轻人问我，这么喜欢文学，为什么不写作。我不敢告诉他，写作让我厌烦。我喜欢出版、收集、展示，用艺术构建联系！

1942年12月11日

和苏波①一起用晚餐，他向我讲述了他骑自行车穿越突尼斯的旅程。德军入侵突尼斯市的前一晚，他出发了，接着又和军用飞机一起回来接纪德。见到他

---

① 苏波（Philippe Soupault, 1897—1990），法国诗人，超现实主义诗歌的创始人之一。

我很高兴。我们可能会一起做一套丛书，为此聊了很久。是一套口袋书，给五个大洲的人看，会用五种语言出版。计划野心勃勃（尤其根据目前的状况），但非常必要！

1942年12月17日

我过着奇怪的生活，动员令把我关在兵营里，却在极有限的自由时间里遇到了许多人。自从登陆以来，作家，艺术家，男男女女，从各地来到阿尔及尔。一段奇特的日子。

1943年3月5日

同纪德和圣埃克絮佩里一起吃晚餐，他们两人在阿尔及尔住下了。圣埃克絮佩里看上去很消沉，美国人不让他飞了。为了不让人扫兴，他掩饰了内心的沮丧，跟纪德下了一盘棋，还用纸牌戏法和魔术活跃了气氛。他带来了美国出版的《小王子》，他手头只有这一本，不肯借给我，只让我坐在他身边看。这本书很精美，插图印得很好。我试图说服安托万①，让我在这里，在阿尔及尔出版他的作品，因为我相信一定会大获成功，可他拒绝了，担心比不上美国版。他是对的，我没有足够的资金出版这样的书。

在我走之前，纪德把我拉到一边，跟我谈他办杂志的计划，为的是弘扬法兰西思想。他很担心，不知道《新法兰西杂志》变成什么样了，德国人通过德里厄·拉罗歇尔②控制了杂志，虽然让·波朗③在加斯东·伽利玛的支持下尽可能保持警惕。纪德已经跟年轻的让·安鲁什说过这件事，后者很兴奋，打算尽快到阿尔及尔来定居。吉贝尔帮我弄来过安鲁什的诗集，我跟纪德谈了我发现的他诗歌的所有优点。让是个奇怪的人：卡比尔人，基督徒，法国人，祖籍阿尔及利亚，在突尼斯市教文学。我们在一起能干一件大事。

---

① 圣埃克絮佩里的名字。

② 德里厄·拉罗歇尔（Drieu La Rochelle, 1893—1945），法国诗人、小说家、评论家。1940—1943年，接替让·波朗担任《新法兰西杂志》主编。

③ 让·波朗（Jean Paulhan, 1884—1968），法国作家、文学评论家、出版家。曾两次担任《新法兰西杂志》主编。

1943年4月3日

加入了临时政府，经常出差，幸亏有朋友和玛农照看"真财富"。每天晚上读手稿，为纪德和安鲁什的杂志制订计划。名字已经取好了，就叫《方舟》。

1943年5月20日

我刚刚得知，德里厄从《新法兰西杂志》辞职了。《方舟》处于有利地位，能够成为战后最大的法国杂志。

1943年6月12日

很多法国作者和我的出版社签约。我的图书目录从来没有这么丰富过：贝尔纳诺斯[1]、

夏洛出版的伍尔夫的
《幕间》法文版

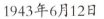

① 贝尔纳诺斯（Georges Bernanos, 1888—1948），法国作家。

忠实的季奥诺、博斯科①。我也出版外国作家的作品：奥斯汀、莫拉维亚②、西洛内③、伍尔夫。

1943年6月27日

总督向穆斯林许愿，吹得天花乱坠。殖民者们都很愤怒。谁知道呢，也许战后我们会有一个更公平的国家。

1943年6月30日

整晚都在读纪德未出版的作品《既然……》。这本书让我非常着迷，我提出给他20%的版税。纪德拒绝了，他说只要10%，和别人一样，还说不管怎样都不会签合同，因为这不是他的做事方式。我打算给他15%。

---

① 博斯科（Henri Bosco, 1888—1976），法国作家。
② 莫拉维亚（Alberto Moravia, 1907—1990），意大利作家。
③ 西洛内（Ignazio Silone, 1900—1978），意大利作家、政治家。

安德烈·纪德　　　　　夏洛出版的纪德的《既然……》

1943年7月11日

多亏了飞行员朋友，我把书发行到了黎巴嫩、埃及和南美。出发执行任务之前，他们来到"真财富"，拿走几包书，然后卖给当地书商。我成了国际出版商！

我还收到阿尔芒·吉贝尔的很多来信，如今他住在葡萄牙。他跟我谈了费尔南多·佩索阿①，还说

①　费尔南多·佩索阿（Fernando Pessoa, 1888—1935），葡萄牙诗人、作家，葡萄牙后期象征主义代表人物，代表作有《天使》等。

一定要翻译并引入法国。当然，他在信末责怪我：
"您把我忘了。您再也想不起我……"我很喜欢阿尔
芒·吉贝尔，虽然他的信又多又长，占去我大量的时
间。要是我不快点回信，他会生气，对我一通指责。
他还有个习惯：要求每个和他通信的人都贴一张漂亮
的邮票。

1943年9月27日

安鲁什向专员打听《方舟》的出版许可、每月的纸
张补贴和帮助我们创办杂志的25万法郎的额外津贴。

1943年10月7日

弗雷德里克·雅克·当普勒交给我十几首诗，我
送给他一本我私人收藏的《婚礼集》。他准备随朱安
将军①率领的法国远征军前往意大利，随身携带加缪
的书。我把他的稿子珍藏起来，有朝一日，一定要出

---

① 朱安将军（Alophonse Juin, 1888—1967），法国远征军总司令。

版，因为这些诗太美了，值得一读。他答应从前线写
信给我。

1943年10月19日

有人通知我，我有个包裹通过伦敦的外交邮包寄
到了，里面有一些冲洗出来的照片，拍的是一本书，
叫《海的沉默》，还有一封铅笔
写的短笺："请立即重印"。作
者的名字叫维尔高[①]，我完全不
认识。我所知道的是：篇幅很
短，是随笔或者短篇小说，去年
由午夜出版社秘密出版，7月又
在英国由沉默手册出版社再版。
他们请我重印，却没有别的说
明。没有说明印数，也没有说明

夏洛出版的维尔高的
《海的沉默》

---

① 维尔高（Vercors, 1902—1991），原名让·布鲁勒（Jean Bruller），
法国插图画家、作家，1941年创立午夜出版社，1942年秘密出版
的短篇小说《海的沉默》，成为法国抵抗文学的经典之作。
1944年的费米娜文学奖颁给了维尔高和他的午夜出版社，以表
彰午夜出版社在维希政府审查下的秘密出版。

印刷方式。（我应该保留作者姓名吗？）

他们是怎么知道我的？奇怪。

1943年10月20日

我开始读维尔高的书，读得停不下来。必须出版它。我把书给我的印刷商埃玛纽艾尔·安德罗看，他当着我的面读完了。他让我给他一天时间。

1943年10月21日

埃玛纽艾尔刚走出"真财富"。他搜罗了所有能找到的纸张，各种颜色，各种类型。他有了足够的纸，能印2万册《海的沉默》！书将会是五颜六色的，印在绿色、黄色、粉色等各种色的纸上，但字迹清晰！我们立刻开始印刷。

1943年10月31日

一个星期的时间，在阿尔及尔，维尔高的书卖得一本都不剩！书架空了。所有人都在谈论它。法军似乎还在法国沦陷区空投了这本书。抵抗！

1943年11月6日

《方舟》计划批准了。除了纪德和安鲁什，我们还可以信赖记者罗贝尔·阿隆[①]。埃德加·富尔[②]的妻子吕西同意把她的公寓借给我们办杂志。

1944年1月30日

罗贝尔·阿隆告诉我，纪德拒绝在《方舟》的合同上签字，虽然他非常想参与。他建议我们年轻人完全掌控这个计划。好吧！

---

① 罗贝尔·阿隆（Robert Aron, 1898—1975），法国作家，写过政治随笔和历史著作，1974年当选法兰西学术院院士。
② 埃德加·富尔（Edgar Faure, 1908—1988），法国政治家，戴高乐派，散文家，历史学家，1952和1955年两度担任法国总理。

1944年2月2日

《方舟》第一期即将出版。让我们喜出望外的是，圣埃克絮佩里写了《给一个人质的信》。

1944年2月3日

罗贝尔·阿隆和让·安鲁什相互通信。前者指责后者作为出版人不尊重他，还拟了一份对我不公平的《方舟》合同。（我什么要求都没提！）后者责怪前者强迫吕西充当编辑秘书。

1944年2月8日

罗贝尔·阿隆告诉我，戴高乐将军祝贺《方舟》创刊，他看过校样。

1944年2月10日

安鲁什和阿隆继续互通书信，一封封信像导弹。
有人让我调解。

1944年2月15日

《方舟》大获成功，我们不得不加印。安鲁什很
自豪，他有理由自豪，他把杂志办得这么好，不停地
奔走。

1944年2月17日

因为出版《海的沉默》，我受到了攻击。有人要
我的脑袋，指控我出版了一本法西斯书籍。那个善良
的德国人形象让他们感到不舒服。他们要求军事法庭
传讯我。之前，我被假定为戴高乐派，同情共产党，
现在又被说成法西斯……有人怎么都不肯放过出版
商。

安鲁什

1944年2月18日

我们收到一张解禁券：两吨卷轴纸，用来出版下一期《方舟》。

1944年2月21日

罗贝尔·阿隆写信威胁我们的印刷商。要求有关《方舟》的任何东西都要他签名之后才能印，所有相关文件都要交给他。这太过分了。有人告诉我，他请了法律顾问。纪德和我必须平息事态。安鲁什将继续担任《方舟》主编，杂志又回到了他的手里。

1944年3月11日

把最后几本《婚礼集》卖出去了。6年卖出1225本。

1944年3月29日

收到弗雷德里克·雅克·当普勒的诗，他趁仅有的闲暇，在坦克中给我写信。午夜，他的诗仍在我心中回响。尽管第一行诗句折射出战争的伤痛，但他成功地保留了惊世才华。

1944年8月1日

有人告诉我说，圣埃克絮佩里可能坠机了，雷达最后显示在普罗旺斯海岸附近。他出发前几天，我遇到过他。当时他站在人行道上，若有所思，告诉我，美国人终于允许他飞几次，其中一次是侦察。但他很清楚，他们觉得他年纪太大了，已经不适合飞行。我试图安慰他，说战争就快结束了，我们要赢了。他的回答很奇怪："是的，我们赢了战争，但我们还是败了。"接着，他走了，还是一副忧心忡忡的样子。

1944年8月3日

传了很多天的谣言不再是谣言……圣埃克絮佩里的确在飞行中失踪了。我对他最美好的回忆之一：有一次，我们两人都受邀去一个共同的朋友家里吃午饭。我到的时候，大家都在，除了安托万。我们等了他很久，焦急不安，最后我朝窗外看去，发现他坐在人行道上，刺眼的阳光里，身边围着一群孩子，似乎在开心地喊叫。他给他们折小飞机，用的是军队发的巧克力的银色包装纸。他身上总是带着巧克力，分

圣埃克絮佩里

给街上遇见的孩子。小飞机盘旋着飞上天空，孩子们脸上沾着巧克力，奔跑着，追逐着，跳起来想抓住飞机……永别了，安托万！

1944年8月13日

有人跟我说，德里厄试图自杀。《新法兰西杂志》真的完了吗？伽利玛又会怎样？

1944年9月19日

从法国传来零零碎碎的消息，似乎证实了同一件事：到处是逮捕、诉讼，与占领军有合作嫌疑的作家和出版商都要被投入监狱。

1944年9月21日

计划在巴黎开夏洛出版社的分社。机不可失，时不再来。格雷尼耶会说，有我的一席之地。

1944年11月5日

《新法兰西杂志》因为与德国合作，被查封了。波朗负责清理，安鲁什直跺脚，说，《方舟》**绝对必须**代替《新法兰西杂志》。他准备离开阿尔及尔，把杂志编辑部搬到巴黎去。

1944年12月1日

我还在军队，被调往巴黎，妻儿留在阿尔及尔。我不在期间，弟弟皮埃尔会照看"真财富"。

四

里亚德躺在床垫上流汗，呼吸急促。清晨。他突然惊恐不安。书店一片沉寂，他感到压抑，克莱尔离他很远。他坐起身，一只手抓着头发，另一只手摸索床头灯的开关。灯亮了，阁楼的样子显得更清楚了。他环顾四周，害怕看见什么不寻常的东西。他飞快地穿上运动鞋，急急忙忙爬下陡峭的楼梯，绊了一跤，拼命抓住，敞开大门，想让城市的噪声把自己吸了去。一阵凉风瞬间抽打在脸上，与此同时，楼上擦洗阳台的女邻居把一桶脏水倒在他身上。她哈哈大笑，在里亚德开口责骂之前，躲进了屋。

门边，一个马脸妇人坐在一张三条腿的木头凳子上，在一条红色小毯子上摆开冒牌香水。全是最知名的大牌：迪奥、圣罗兰、香奈儿、爱马仕……她指着商品愉快地招呼里亚德：

"男士香水，全城最好的，别的地方找不到。买一瓶吧，算你300第纳尔，邻居优惠价，给别人350第纳尔。"

"呃……不要，谢谢。"

"来吧，那就买一瓶给你的公主。"

"我没有公主。"

"你这么漂亮的小伙子？怎么可能呢？"

"……"

"哦！那就买一瓶给你的王子吧！"

"不，不是这个意思，我不想买香水。"

"你得买，你身上的味儿不好闻。来，我给你扑哧一下，免费的。过来，靠近点，我坐骨神经痛，不方便站起来。"

"不，真的不用，我只是想开门，然后……"

"来吧，我说，来啊，别扭扭捏捏的。"

扑哧——扑哧——脖子、头发，身上全都有了柑橘味。阿卜杜拉在人行道对面，挂着手杖，微笑着。

里亚德走过去，对他说：

"我们去喝杯咖啡吧？"

"好。"

"你身上不好闻，你知道。"

"知道，知道……"

老人拉着他穿过迷宫般的路，虽然上了年纪，还拄着手杖，可走得飞快。沿途的商贩们向阿卜杜拉致意，点点头，说一句"萨哈"①，或是"你好"。

他们来到一家没什么装饰的小咖啡馆。墙上挂着三位前总统的肖像，分别是艾哈迈德·本·贝拉②、胡阿里·布迈丁③、穆罕默德·布迪亚夫④。收音机开着，但声音很低，只有嗡嗡声。光线亮得刺眼。最里面是厨房，几名戴面纱的妇女打着哈欠，不紧不慢地

① 阿拉伯语，意思是"真主保佑"。

② 艾哈迈德·本·贝拉（Ahmed Ben Bella, 1916—2012），阿尔及利亚军人、革命家、政治家，1962—1965年任阿尔及利亚总统，被誉为阿尔及利亚国父。

③ 胡阿里·布迈丁（Houari Boumédiène, 1932—1978），1976—1978年任阿尔及利亚总统。

④ 穆罕默德·布迪亚夫（Mohamed Boudiaf, 1919—1992），1992年1月16日至6月29日任阿尔及利亚总统，遇刺身亡。

干活。其中一名棕色头发的漂亮女子，穿着紧身长袖衬衫，拍着胸脯，另一个女人对她点头。

一名男子坐在柜台边，一脸烦闷的样子，小声啜泣。旁边一个女人在吉他上拨弄了几下，一边轻轻地哼唱，向阿卜杜拉微微颔首。

里亚德和阿卜杜拉围着一张蓝色塑料皮面的桌子坐下。阿卜杜拉呼吸困难，里亚德认为可能是肺栓塞、心脏病或者焦虑症的早期症状。悲伤。有节奏的呼吸听上去像波涛声。他想起去年夏天，在普罗旺斯度假，克莱尔穿着天蓝色比基尼，和她的眼睛一样蓝。盯着他看的阿卜杜拉穿着一样蓝的羊毛套衫。

"像您这么黑的眼睛真少见，不是吗？我的意思是，眼珠子那么黑，几乎看不出来，有点瘆人。"

"你害怕不会只是因为我的黑眼睛吧？"

"是的，是的……"

"你今天打算干什么？"

"整理。"

"整理？你是说捣乱吧？"

"整理，捣乱，是的。"

"你还剩什么？"

"上面的书。"

"是的，七星文库。"

"您好像对这家书店很熟悉。"

"我在那里度过了很长时间。"

"您喜欢看书？"

"我在那里工作。填订阅卡，分拣书籍。"

"订阅卡？"

"是的，20世纪90年代之前，它一直是书店，后来变成了借阅图书馆。你睡在阁楼里？"

"是的……书店经常有人光顾吗？"

"不，每个月最多五个人。"

"啊，太好了！"

"太好了？就因为人来得少，所以你觉得关掉书店没那么严重？"

"嗯，是啊。"

"你真蠢。你要怎么处理那些书？"

"房东让我把它们扔掉。"

"扔掉？你不能把书扔掉。扔书？你知道自己在说什么吗？"

"那我还能怎么办？"

"送人，留着，都可以，但不能把书扔进垃圾桶。"

"您喜欢看书吗？"

"不喜欢。"

"那您为什么要照看书？"

"它们对我很重要。"

"您知道，如今可以从网上买书。无论在哪，无论什么书都可以送货上门，甚至用平板电脑在线看书。"

"哼，哼！"

阿卜杜拉飞快地喝光最后几滴咖啡，站起身。里亚德在口袋里摸索，但服务生赶紧示意他不用掏了。

"您二位免单。"

阿卜杜拉已经朝书店走去，里亚德飞快地嘟哝了一声"谢谢"，跟了上去。他们到的时候，马脸女人正在和两个少年谈生意：

"给你一瓶迪奥的真我、一瓶白毒，一共500第纳尔。友情折扣价。"

"可是，我向你保证，我们真的只有400第纳尔……再优惠一点吧！"

"你们这是要我破产啊，知道吗？我有五个孩子要养，你明白吗？我丈夫火烧了屁股，跟一个男人走了，一个小白脸。"

"我向你保证，我们拿不出更多了。"

"好吧，好吧！拿去，拿去，回头再来啊！"

里亚德在一个书橱里发现了一些书，印在精美、薄得几乎透明的纸上。他冒险打开了一本，但很快又合上，微小的字体让他泄了气。他点上一支烟，在门口抽了起来。天开始下雨，大滴大滴的雨点重重地、慵懒地落下。阿卜杜拉在人行道上向他致意。两人面对面，没有说话。

将近午夜，里亚德仍在书堆里。他既不觉得饿，也不感到累。他终于爬上阁楼，在黑暗中躺下来，两条胳膊伸到脑后。他听见几声汽车喇叭和轮胎压在沥青马路上的吱嘎声。车头灯的光时不时照进"真财富"正面的橱窗玻璃。

街上响起一个女人凄凉的声音。虽然风呼呼地吹，雨砸在玻璃橱窗上，里亚德仍试图听清她的歌声。她唱的是无望的爱情，去了远方的心上人。声音越来越大，她在思念离开她的男人。要有心理准备，我们会忘掉过去的形象、明确无误的记号，迷失在悲伤中。"我不相信分离"，里亚德一边想一边拉过毯子盖住脸，突然想哭。他想象克莱尔在身边平躺着，腹部随着呼吸轻轻地起伏。他在床垫上为她留出一个想象中的位置，试图保持不动，好让她多停留一会儿。外面的声音又开始伴着吉他唱歌。依然是伤心女子的故事。这次，男人移情别恋。克莱尔，床垫，书店，闭着眼睛的里亚德。歌曲，吉他，窗玻璃上的雨，有人敲门。

是阿卜杜拉。

里亚德赶紧给他开门。

"一切都好吗？"

老人点点头。他的黑眼睛湿湿的。里亚德把他拉到一把椅子跟前，强迫他坐下。

"我不想打扰你。"

"我没什么事。"

他，阿卜杜拉，再次走进2号乙，肩上裹着白布，像古怪的魔法师，像幽灵。他像在自己家一样，打量整个房间，努力找回记忆。看到地上的书，他的脸刷一下白了。里亚德把几本书叠在一起充当临时座椅。门外传来两个司机的争吵，吵个没完没了，阻塞了交通，有人生气地按喇叭。

阿卜杜拉从口袋里拿出几张四折的老照片，递给里亚德。里亚德小心地接过来。在第一张上能看到阿卜杜拉，比现在年轻得多，身边有一个怀抱婴儿的妇人。他们在一间客厅里，家具盖着白布，布上绣着花朵和水果。

第二张上有个小女孩，坐在地上，埋头看一本旧书。《孩子与河》，亨利·博斯科著，夏洛出版社。在第三张照片上，里亚德看到一个年轻女子穿着新娘礼服，挽着一个神情严肃的男子。

"第一张是我女儿几个月大的时候，我妻子抱着她。这张，她正在这个书店里读她最喜欢的一本书。最后一张是她的婚礼。"

"她很美。"

老人点点头，还露出了一丝自豪的微笑。里亚德问：

"您以前喜欢在这里工作吗？"

他思索着。

"是的。多年来，这些书天天都陪着我。起初，我每天晚上整理，贴标签，登记信息。每本书我都得标出作者姓名、书名、书号和关键词。为了写摘要、回答读者提问或者其他，我还会读上几页。很难跟你解释这个地方对我意味着什么。很少有人知道我不喜欢看书，而且直到今天我也不能肯定自己是否喜欢，但我喜欢被书围绕，虽然我花了很长时间才学会认字。殖民时期，只有一所学校，只收法国人，我们没有学校。我在扎维耶①学了阿拉伯语。法语是在独立以后才学的，多亏我太太教我。她从来没有嘲笑过我的无知。她花时间耐心地教我阅读。我跟自己斗争了很久，终于不再害怕印刷的字。也许对我这样的人来说，看书不是一件自然的事。一本书，可以摸，可以闻，可以毫不犹豫地在书页上折角，丢下，再捡起来，把书藏在枕头底下……这些我做不出来。直到今天，我看到书的第一反应仍然是整齐地放好。"

他弯下腰：

"这本我以前经常读，季奥诺先生的《真财富》。那时，我想知道这家书店为什么叫这个名字。

---

① 一种兼做学校、诊所、客房、祈祷处所的伊斯兰教设施。

哦，这段我喜欢：'从前他们习惯等待命令生活。如今，他们谦恭地决定遵循自己的意愿，而不听从任何人，于是一切真正焕发光彩，如同找到火柴与灯，房子被照亮，终于知道哪里能找到所需之物；正如黎明降临在比房子更大的居所，在夜的泥沼下封闭而黑暗的地方，山谷、河流、山丘和森林满怀生的喜悦彰显自我。'这正是我到这家书店时的感受。"

吉他停止了弹奏，女歌手不作声了。

（塞提夫①，1945年5月）

　　胜利之日，祖国母亲不会忘记她的北非孩子付出的一切。我们在战壕里冒着敌人的枪林弹雨，保卫了法兰西；参加了卡西诺山战役②和南方城市的解放；在意大利作战，丢掉了几百条性命；解放了阿尔萨斯，一直进军到纳粹德国！炮弹和机枪可不会区分法国人和土著。

　　本·贝拉，未来阿尔及利亚的第一位总统，在意大利由戴高乐授予勋章。同样在意大利战斗过的还有

---

① 阿尔及利亚东北部城市。
② 1944年，盟军为突破冬季防线及攻占罗马而发动的一系列代价高昂的战役。

未来的阿尔及利亚革命英雄，穆罕默德·布迪亚夫、克里姆·贝勒卡桑[1]、拉比·本·米迪[2]。我们的勇气到处受到敬重。

在阿尔及利亚，人们正筹备庆祝解放。我们想参加群众的庆祝游行，并借机提起战时许下的诺言。

在塞提夫，法国当局准许我们庆祝胜利，条件是不跟欧洲人混在一起，而且，游行不能有政治色彩。钟声响起，成千上万的人走上街头，欢乐的队伍开动了，周边的农民加入了我们，人群中第一次出现了绿白底、红色标志的旗帜[3]。我们举着横幅标语，要求和法国人平等，要求释放政治犯，要求阿尔及利亚独立。我们遇到一名被人群裹挟的警察，他拿出枪，扣动了扳机。一个举着阿尔及利亚旗帜的年轻土著士兵倒下了。我们大喊起来，惊恐不安。这是屠杀的前

---

[1] 克里姆·贝勒卡桑（Krim Belkacem, 1922—1970），阿尔及利亚政治家，阿尔及利亚战争期间民族解放阵线的领袖。

[2] 拉比·本·米迪（Labri Ben M'hidi, 1923—1957），阿尔及利亚人民党党员、"争取民主自由胜利运动"成员，民族解放阵线创立人之一。

[3] 日后成为阿尔及利亚国旗。

奏。塞提夫市长，一个善良的社会党人，试图调停，阻止开枪，却被杀死了。谁干的？我们永远也不会知道。整整一天一夜，有人向我们开枪。早晨，屠杀又开始了。半个月的时间里，暴力猖獗，一些落单的法国人被杀。军队逮捕、枪毙了成千上万名土著，他们把殖民者武装起来，扫荡和摧毁一座座村庄。人行道被鲜血染红，尸体被抛入井里。在赫利奥波利斯[①]，他们点起石灰窑，焚烧堆积如山的尸体。

年轻的卡特波·雅西内正在塞提夫上高中。未来《娜吉玛》[②]的作者当时只有15岁。他听说大屠杀，就不顾母亲的反对加入了游行队伍，很快被捕入狱，在里面提心吊胆过了三个月，每天都害怕被枪毙。他母亲接到通知，说他死了。她在街上游荡，寻找儿子的尸体，哭泣，哀求，祈祷，失去理智。家人不得不将她送进疯人院，她再也不是从前的样子。

在整个君士坦丁地区，军队举行了侮辱性的仪

---

① 阿尔及利亚东北部城市。
② 卡特波·雅西内1956年出版的小说。

式：我们必须跪在法国国旗前，高喊我们是狗。

他们回到了阿尔及利亚，这些备受赞誉、战功赫赫的土著步兵！他们自豪，法国的胜利也是他们的胜利。他们在宗主国已经和法国战友庆祝过了，带回来的是战斗中牺牲的朋友名单、军中的故事、营火边打牌的记忆。他们到达时，身穿军装，胸前别着勋章，对未来充满希望。我们在被摧毁的村庄里迎接他们，告诉他们大屠杀的暴行。

戴高乐将军把保尔·图贝尔派到阿尔及利亚。图贝尔毕业于步兵学院，专修法律和政治学，曾在突尼斯、马达加斯加、摩洛哥、阿尔巴尼亚和阿尔及利亚服役。5月19日，他抵达阿尔及尔，有人拦了他一个星期，他无法前往君士坦丁地区，便趁机跟殖民者和土著双方的不同政要会面。有人开口了，暴行开始被披露出来。5月25日，他终于抵达塞提夫，但当天阿尔及尔的殖民总局发来电报，命令他返回巴黎。1945年7月10日，他向国民议会提出警告。事态严重，他说，必须尽快行动。**时间紧迫**。国民议会很不自在，没有宣布任何官方处理结果。

二战刚刚结束。我们知道，应当立即拿起武器，法国不能在阿尔及利亚再待下去。未来的总统，16岁的布迈丁亲历了大屠杀，后来他说："那一天，我过早地变老了，昔日的少年变成了男人；那一天，世界震动，就连阴间的祖先也动了起来。孩子们懂得了，必须拿起武器来战斗才能成为自由人。谁都不能忘记那一天。"

镇压起义的杜瓦尔将军①宣称："我给了你们十年和平。法国要是无所作为，一切都会重新开始，而且会更糟，很可能难以挽回。"此人头脑清醒。

来自全国各地的男男女女组织的起义将持续九年。九年里，他们秘密聚会，建立网络，组成了一支小型部队。加入他们的是一群忠于阿尔及利亚事业的法国人：数学家莫里斯·奥丹②、工人费尔南·伊

---

① 雷蒙·杜瓦尔（Raymond Duval, 1894—1955），法国将军，参加过二战，1945年5月镇压了塞提夫起义。

② 莫里斯·奥丹（Maurice Audin, 1932—1957），法国数学家，阿尔及利亚共产党党员。1957年6月11日，在阿尔及尔战役中被捕，之后失踪，死亡时间不定，遗体未找到。

夫东①、诗人让·塞纳克、亨利·马约准尉②、皮埃尔·肖莱医生③……他们将遭到搜捕、拷打、判处死刑，其中很多人将在宣布独立之前死去。

我们还茫然不知，但阿尔及利亚起义的序幕即将拉开。

此刻，房屋大门紧闭，每个人都在为死者和失踪者哭泣。

---

① 费尔南·伊夫东（Fernand Iveton, 1926—1957），法国反殖民斗士，最后被绞死。
② 亨利·马约（Henri Maillot, 1928—1956），阿尔及利亚共产党党员，法国反殖民斗士。与费尔南·伊夫东是自小相识的朋友。
③ 皮埃尔·肖莱（Pierre Chaulet, 1930—2012），阿尔及利亚医生，祖籍法国。

爱德蒙·夏洛的记事本

（巴黎，1945—1949年）

1945年1月2日

作为信息技术部人员应征入伍，受综合工科学校
毕业的阿尔贝·德·巴里昂古尔①司令管辖。办事处
设在香榭丽舍大街。一张桌子，一把椅子，一个人就
能干完的工作。问题是我们有三个人！早上我必须去
一趟，要是没什么需要我做的，我就自由了，可以去
散步。我完全无所事事，只好游览巴黎，而在阿尔及
尔，弟弟和朋友们却在照看"真财富"。安鲁什和我
在一起，努力工作，希望《方舟》继续壮大，并赢得
新的读者。

我听从加缪的建议，在第七区拉歇兹路的米诺夫
酒店租了一个房间。每次有访客来，一个长得像女演

---

① 阿尔贝·德·巴里昂古尔（Albert de Bailliencourt, 1908—
1995），法国政治家。

员伊薇特·勒蓬的金发美女，就会摇一只巨大的牛铃
铛。吵得要命！这就是巴黎……

1945年1月12日

招了一名秘书，叫玛德莱娜·伊达尔戈，她熟练
掌握三种语言，办事利索。从现在起，我们在酒店餐
厅里干活，但那里没有暖气。玛德莱娜打喷嚏，手冻
得通红，握笔都困难。

1945年1月21日

我花了一整天时间，想为夏洛出版社找一所房
子，足够大，又在我能承受的范围内（我的钱不多）。

1945年1月31日

加缪为我引荐了美术图案设计师皮埃尔·弗歇①。
他很有趣，我建议他为我的丛书设计新封面。

---

① 皮埃尔·弗歇（Pierre Faucheux, 1924—1999），法国著名美术
图案设计师，为许多名作家的书设计过封面。

1945年2月11日

最近，我们不能在酒店干活了，冷得无法集中注意力。我们来到了花神咖啡馆，在萨特和波伏瓦身边吃早餐，他们坐在餐厅的另一头，寻求的似乎是和我们一样的东西：暖气、真正的咖啡和宁静。安鲁什、蓬塞、纪德和我一起筹备夏洛出版社巴黎分社的开业典礼。

1945年2月13日

收到罗布莱斯的信，他不愿加入夏洛出版社巴黎分社。他毫不讳言，说自己难以和安鲁什共事。另外，他还在考虑办一本杂志，目的是"锻造牢固的友谊，超越彼此间当下痛苦的烦恼"，可能会有三种语言（法语、英语和柏柏尔语）。

1945年2月18日

给维尔高写信，关于解放前在阿尔及尔出版的
《海的沉默》，问他有什么打算。是不是想让午夜
出版社独家出版？我还在信封里塞了一份《官方日
报》，共产党人在报纸上大骂法西斯，并想取他的人
头。希望会把他逗乐。

1945年2月27日

弗歇建议把封面全部重做一遍。他认为新封面
有助销售。他是对的，必须把唯美论和信息结合起
来。

1945年3月18日

我回到酒店，葛洛里费太太交给我一封信，是一
位牧师寄来的：听说您在找房子，我有一位教民，
是战争俘虏，生病回来了，想把维纳伊街的房子卖
掉。您要吗？

1945年3月20日

法国的胜利日，夏洛出版社搬到了维纳伊街8号。

1945年5月15日

阿尔及利亚传来的消息很可怕。君士坦丁地区到底发生了什么？对此，我们讨论得很热烈，并且常常在争吵中结束。谁也不知道在阿尔及利亚该做什么。

1945年6月3日

夏洛出版社巴黎分社成了有限责任公司，但我把总公司留在了阿尔及尔，我将在两地往返。

角色和头衔安排如下：

编辑部主任：让·安鲁什。

商务主管：夏尔·蓬塞。

社长：爱德蒙·夏洛。

阿尔芒·吉贝尔从葡萄牙、意大利和南非旅行回到法国，承担了对外联络事务，他很高兴又见到我们。我把公司股份给了每个人。当然，玛德莱娜一直是团队的一员，另外新招了多米尼克·奥利①，她是让·波朗推荐给安鲁什的。战争期间，她在纸张监督委员会做过事，熟悉巴黎的圈子，又有波朗支持。波朗似乎很喜欢她，这些或许对我们有用。

1945年6月10日

我在桌上放了一个装满钱的信封。需要的时候，朋友们可以从里面拿钱。我有一种当父亲的感觉。

1945年6月22日

安鲁什一心扑在《方舟》上，不停地给波朗和纪德写信。给前者写是为了让他坚决加入团队，《新法兰西杂志》前主编将成为团队的有力象征；给后者写是请他不要忘记自己是杂志的教父。我试图让他

---

① 多米尼克·奥利（Dominique Aury, 1907—1998），法国女作家、诗人，让·波朗的秘密伴侣。曾多年担任《新法兰西杂志》助理一职，是一位在法国出版界颇具影响力的妇女。

明白，必须谨慎对待这二位，不能让他们感到我们很绝望，但我的努力白费了。我对安鲁什怀着深厚的友情，可他听了我的劝告吗？

1945年6月29日

弄不到纸张。这种事总是没完没了吗？规定？不公平！供应量是按照战前出版量定的，德国人来之前不在法国的出版社一边待着去吧！全部供给大出版社，其他人一概没有！有人告诉我，马尔罗[①]为了帮午夜出版社拿到配额，不得不亲自出马。

1945年8月2日

出发去阿尔及尔一个星期。两地奔波使我筋疲力尽。我必须不停地弥补愚蠢的错误，安慰大家，鼓励众人，而这一切都是远距离进行的。在地中海的一边有个总部，在另一边有个分公司，麻烦就都来了。

---

① 马尔罗（André Malraux, 1901—1976），法国小说家、政治家，代表作《人类的命运》。

1945年8月29日

同于勒·洛瓦、阿尔芒·吉贝尔和让·安鲁什一起，在巴黎一家迷人的小酒馆吃晚餐。我有点心不在焉，可能被看出来了。经济上的烦恼使我不能好好享受同朋友欢聚的时光。我看着身边这些人，他们各自不同，却因为同样的梦想团结在一起。

1945年9月5日

安鲁什满脑子都是宏大的设想，他专心致志地读年轻作家寄给他的手稿，努力找到精彩、美好、值得发表的东西。他写长长的回信，鼓励他们，甚至接待其中一些人……有时，他态度生硬，但我知道他忠于夏洛出版社。

1945年9月12日

尽管竞争激烈，还顶着阿尔及利亚出版商的异国形象，我们还是力图出版。每个月，能出12到15本书。

1945年9月18日

安鲁什说服我印些昂贵奢华的商品样册，介绍我们的书和作者，还希望我们能在报纸上宣传。加缪持怀疑态度，建议我小心行事："得缓一缓，从小规模做起。"

1945年9月21日

在卡耐特街一家小餐馆吃午饭。在场的有苏波、安鲁什、罗布莱斯、奥利、蓬塞、索瓦热和弗雷曼维勒。

和人脉广阔的苏波交谈很有益处，多亏了他，我们同许多作家和代理人签了合约。我很喜欢他，也很欣赏他，从文学的角度看，他或许比加缪更可爱。

1945年10月9日

我们像身无分文的穷学生一样过日子，吃力地养家糊口，兼顾所有事情。众多疏忽使我惊恐不安，我们有些作家从未签约，我因此陷入了难以解决的法律问题。在巴黎，什么都和在阿尔及尔不一样：司法不同，缴税方式不同，版税、制作费、行政费用和工资不同，就连社会分摊费也不同。

1945年11月1日

给各类文学奖的评委寄了很多信。

草拟了一封给记者的信，介绍夏洛出版社即将出版的几本书。把草稿转给安鲁什和加缪，让他们审阅并提建议。

1945年11月29日

有人告诉我，纪德问波朗是不是不想为他的出版社收回《方舟》，不过伽利玛可能会觉得最新一期"平淡无奇"，甚至会说"滑稽可笑"。安鲁什似乎不知情。我很愤怒，和蓬塞说了心里话，他很担心，夏洛出版社就要破产的谣言在巴黎满天飞。一定要顶住，坚持下去，尤其要团结。

夏洛出版的博斯科的
《戴奥蒂姆农庄》

1945年12月10日

《戴奥蒂姆农庄》获勒诺多文学奖！真为亨利·博斯科高兴，他完全配得上这个奖。他是一名成熟的作家，地中海人，充满阳光、普罗旺斯气息和诗意，而且满怀热情！

他多么高兴，夏洛出版社多么高兴，所有加入这场历险的人都很高兴。今晚要跟朋友们通宵庆祝。

夏洛出版的罗布莱斯的
《人的劳动》

1945年12月17日

埃玛纽艾尔·罗布莱斯的《人的劳动》获民粹主义小说奖！怎样形容我的感受？这些文学奖让人欣喜若狂，似乎全世界都注视着我们。喜悦，喜悦，喜悦！

1945年12月19日

收到阿尔芒·吉贝尔11月26日写的信。我在想这封信究竟绕了多大的圈子，今天才寄到。他为我写了一篇《戴奥蒂姆农庄》的精彩书评。我转给亨利看，他会感动的。

1946年1月17日

被许许多多祝福淹没，回复各类信件、书店订货单和其他文件。朋友和家人受累了。

夏洛出版的当普勒诗集《我骑在马上》

1946年2月5日

出版弗雷德里克·雅克·当普勒的诗集《我骑在马上》。我没有忘记，在他上前线之前我对他的承诺。他给我写了一封长信，告诉我他是多么感动。我对这个

153

1945年，弗雷德里克·雅克·当普勒在德国

我几乎不了解的人怀有深厚的友谊。

我骑在马上，没有武器，也没有行李，终有一天我要出发去找你……

1946年2月11日

给吉贝尔写信，提醒他，安鲁什还等着他的稿子呢！而且，关于比勒陀利亚①的作品我也感兴趣。我想知道那里的人如何生活，渴望什么，喜欢什么人。比勒陀利亚，多美的名字！

1946年2月22日

吉贝尔回信，提醒我还欠他5月份的工资17430法郎，还有6月份的，以及翻译费雷拉·德·卡斯托②的《永恒》的稿费38000法郎。

---

① 南非的行政首都，现更名为茨瓦纳。
② 费雷拉·德·卡斯托（Ferreira de Castro, 1898—1973），葡萄牙作家、记者。《永恒》是他发表于1933年的短篇小说。

1946年2月27日

我从报纸上看到，卡斯巴哈的朋友姆姆在巴黎打破了潜水的世界纪录。我的天哪！这人真神了。我保存了剪报。

1946年3月6日

困难巨大。大出版社从战争中恢复过来，与我们展开了疯狂的竞争。他们盛气凌人，瞧不起我们这些从阿尔及利亚来的"乡巴佬"。我知道，他们接近、讨好我的作者，请他们吃饭，向他们许诺，还说我过几个月就会破产。

1946年3月8日

波朗拒绝加入《方舟》编委会。这一次，说得很明白。安鲁什又生气又伤心。所有的烦恼（纸张短缺、各方面延误、竞争对手的卑鄙手段）使我们筋疲力尽，出版时间只能推迟。

1946年3月15日

出版了保尔·图贝尔的书。书名很讽刺：《阿尔及利亚将以法国的方式幸福地生活》。去年，图贝尔将军受戴高乐将军委派，调查塞提夫大屠杀。他建议我出版他在国民议会上的发言。为了避免一切麻烦，我们约定将发言日期写成1943年7月10日，也就是塞提夫大屠杀之前，并且，为了不让我的印刷商们冒太大风险，将由显然是子虚乌有的"特殊印刷厂"承印。操控，藏匿。

1946年5月2日

书和手稿堆满了各个角落。空间不够了，得赶紧再找地方。可是资金太少，找不到体面的地方。

1946年5月6日

安鲁什跟我软磨硬泡了几个星期，他看中了一个古董棋盘，想买下送给纪德。我终于让步，把钱给了他。如今当个出版商还得做这些。

1946年5月22日

日子当真过得奇怪，孩子们和玛农在那边，而我在这边。出版事业主宰了我的生活，还将夺走我的妻儿。

1946年6月15日

安鲁什和蓬塞吵架了，他们两个不合，我看得很清楚。有人叫我提防安鲁什，他想一个人掌管杂志（可事实已经如此），他不断要求人们更多地尊重他，要和蓬塞平起平坐。这一切不过是孩子气。

1946年10月29日

樊尚·奥里奥尔①让人把我叫到参议院，恳求我把他的《昨天……明天》重印35000册。我回答说已经没纸了，连电话也没了。说实话，我什么都缺。"干吧，"

---

① 樊尚·奥里奥尔（Vincent Auriol, 1884—1966），法国政治家，曾任法兰西共和国临时政府临时总统（1946）和法兰西第四共和国总统（1947—1954）。1944年，他的《昨天……明天》由夏洛出版社在阿尔及尔出版。

他说，"两个都会有的！"一回到维纳伊街，我就看到了电话安装工。开始印奥里奥尔的书，印数35000册。

1946年12月4日

于勒·洛瓦庆祝他的《幸福山谷》^①获勒诺多文学奖！他穿着飞行员制服来书店签售，引起了轰动。

于勒·洛瓦在"真财富"书店签售《幸福山谷》

① 该小说于1940年获奖，受二战影响，1946年颁奖。

1946年12月6日

参观克里德印刷厂。1829年它在科贝伊①建厂，承印了我们的大部分书籍。所有雇员的专业性让我印象深刻。

1946年12月22日

奥里奥尔答应的纸张一直没有送来，我只能勉强接受。他要是当选总统，他的书几个星期就能卖完。

1946年12月31日

年终小结：今年出版了将近70本书！

1947年1月17日

奥里奥尔于昨日当选，他的35000册书却卖不出去了。因为从现在起，法律禁止为政府首脑的书做广告。

_____

① 巴黎东南郊的市镇。

1947年1月23日

和波朗、安鲁什一起吃午饭，感觉怪怪的，觉得自己多余。太多，太多，太多烦恼。

1947年1月24日

昨天，就书籍合作问题开了一天的会。我努力坚持，虽然出版社的账面不好看。要想扭转局面，我们必须有更大的地方，能更好地开展各项活动。

1947年1月30日

得赶紧找到另外的地方，这里太局促了，我们的生意发展迅速。拥有大房子又不破产的唯一办法是买下一家妓院。自从几个月前玛特·理夏尔法令[1]颁布，取缔卖淫，关闭风月场所，妓院的房子都在抛售。所以，我常跑去妓院寻一桩好买卖。

------

[1] 1946年4月13日法国颁布的法令。玛特·理夏尔曾是一名妓女和间谍，后来从政，鼓吹关闭妓院。

1947年2月5日

不少书店发电报来大量订货，可我们缺纸，我
再也想不出办法弄到更多的纸。残酷。这生意经受不
住成功，我需要少一些成功或者多一些纸张，特别是
多一些资助。销售量达到10万册，有些书卖得更多。
《戴奥蒂姆农庄》将达到30万册，这是肯定的。可越
是出版好书，出版社的经济状况就越糟糕。我的出版
社已经从手工小作坊变成了公司，被订单淹没，也被
债务吞没。我彻夜难眠。

1947年2月9日

跟银行的人见面，不太顺利，尽管有文学奖和广
告。我面对的是一个对书一无所知的人，他不会帮我。

1947年2月16日

还是很难弄到纸张。我不得不去黑市上买，价钱
是天文数字。任人宰割，既不能还价，也没办法商量

送货日期。我是不是一辈子注定要为纸张奔波？

1947年2月21日

和安鲁什商量得很艰难。也许是我弄错了，但我觉得他不信任我。

1947年2月25日

每个白天和黑夜都有人告诉我，竞争对手对我充满敌意。他们梦想把我赶回阿尔及利亚，诱惑我们的作者，纠缠供货商。书店尽力抵制。我无能为力。巴黎的出版商有钱，有纸，有关系网。而我们呢？有作家，最优秀的作家，有决心，但这些还不够。沙哈街2号乙、阿尔及尔的小酒馆和朋友们，都遥不可及。我们必须推迟出版计划，恳求印刷商更改期限，通知他们要延期付账。我花了无数个晚上一遍一遍核对账目。心灰意冷，什么都不顺。

1947年2月28日

　　遇见纪德，他穿着一套暗红色西装，解释说，他在苏联得到的稿费就是这个。他的书在那边卖得很好，但他没有获得允许，不能把卢布带出国，作为补偿，他得到了数量惊人的布料，让人做了一大堆西服。我把这件事告诉了安鲁什，他看上去有点心酸，觉得自己在纪德的生活中没有一丁点地位，纪德从来不会想到他。我试图跟他解释，当出版商不是这样的。

1947年4月8日

　　情况继续恶化。安鲁什对我说，五六个星期之内必须想办法筹到经费。什么办法？到哪里去找经费？我们付不出钱给作者（尤其格雷尼耶在《方舟》上发表的那些文章，我为此羞愧难当）。

1947年4月12日

刚把我的小房子转让给了一位名叫玛丽·马尔凯的女士，她会在那里卖乳白玻璃制品。夏洛出版社将搬到格雷古瓦-德-图尔街18号，从前的一所妓院，有过像诗人阿波利奈尔这样的客人，所以名气不小。我们买下了房东的所有家具，据说房东是被谋杀的（所以价钱出得低）。妓院、诗人、杀人犯。有了这些，怎么会没有起色！

1947年5月3日

我把"真财富"书店转让给了弟弟皮埃尔，因为我照看不过来，而且需要钱完成"妓院"的工程。比预想的花费更多。一想到沙哈街2号乙我的小书店门前长长的走廊，我的心就揪起来了。有皮埃尔和他妻子打理，一定会稳妥的！

1947年5月7日

收到罗布莱斯的消息，他已经回到阿尔及利亚生活，创办了《锻炉》杂志。

《锻炉》万岁！

1947年9月12日

一大堆支出，差点不能如期支付：午餐邀请、昂贵但非常必要的书目小册子。我束手无策，虽然搬到了新地方，可生意还是不景气。

1948年1月28日

身无分文，再也不能印书了。找不到资金，没有银行肯贷款。

1948年2月17日

安鲁什给我看了于勒·洛瓦的最新来信。他认为我们没有为他付出足够的努力，他的书没有广告宣传，他怀疑我们是否是一家好的出版社。

1948年3月19日

安鲁什到处找钱：赞助人、商人、银行家……白费力气！

1948年3月30日

于勒·洛瓦起诉了，为了跟我们解除所有合同，转投伽利玛出版社。

1948年6月16日

加缪向我表示，他要退出，并拿回所有版税。我理解他。

1948年6月19日

安鲁什向波朗引见给他的女亿万富翁弗洛朗斯·古尔德请求300万法郎的资助。

1948年6月20日

收到埃玛纽艾尔·罗布莱斯下一部小说《城市的高地》的封面，是突尼斯艺术家埃勒·梅奇设计的。他设想了黑暗的底色，配上绿色的书名，三角形的光线和城市的远景。封面阴郁、美丽，非常契合这本书。小说写的是一个孤独的主人公，名叫斯马伊。我想到了一个主意，有些野心勃勃，但从经济上来说很有好处：在护封上加些新要素，作为书的辅助。比如做两个折页，印上小说摘要，激发读者的购买欲，还要印上罗布莱斯的小传。这在法国出版界完全是创新之举的。

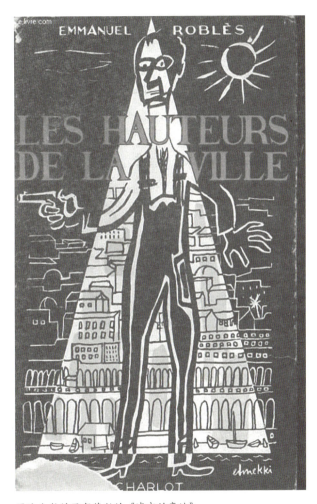

夏洛出版的罗布莱斯的《城市的高地》

1948年8月5日

夏尔·蓬塞告诉我，吉贝尔同意把我们欠他的钱，从起初的38000法郎降到26000法郎。

1948年8月12日

夏洛出版社的股东，也是我的朋友们，聚在一起，要求我离开公司，只保留文学顾问的头衔。夏尔·蓬塞和我不得不退出。一个以我名字命名的公司，没有夏洛的夏洛出版社。怎么可能？公司负债2200万，我头晕。安鲁什负责清算，遣散人员，宣布消息很痛苦。我不得不卖掉我的所有财产，也就是说很少的东西，以偿还债务。我试图安慰多米尼克·奥利和玛德莱娜·伊达尔戈，她们看上去很伤心。

1948年9月2日

安鲁什和奥特朗重新掌握领导权。夏洛的队伍——于勒·洛瓦这样叫，解散了。伽利玛、瑟伊和朱利亚尔出版社收了我的大部分作者。

带着文学梦和地中海人的友谊，孤身一人，回到阿尔及尔。

1948年10月15日

我从阿尔及尔给安鲁什寄去一部出色的手稿，是一个奥兰人写的诗。回信语气生硬，提醒我夏洛出版社的问题，艰难的处境，很多未履行的合同。他要我"立即退回阿尔及尔的所有手稿，就算是杰作也不必寄来，以免浪费时间和邮费"。人走茶凉。失败，失败……

有人告诉我，弗洛朗斯·古尔德可能给了他25万法郎办《方舟》，现在想问他要来。他坚持认为，当初是赠予，不是借款。他试图说服伽利玛买下《方舟》，当然是白费力气。加斯东·伽利玛希望《新法兰西杂志》能重新出版，纪德似乎想让众人和解。至于波朗，我认为他不理解安鲁什对法国的重要性，他在安鲁什的反抗中看到了情绪，产生了不信任。

1948年11月29日

发了一封电报到罗布莱斯在布扎里亚①的住处：
费米娜奖《城市的作者》（原文如此）②。妙！友
谊。速来。不管怎样，我非常高兴得这个奖。

1949年1月10日

按照我的请求，梅奇在罗布莱斯小说的新版封面
上，加了内容简介和作者小传。这一做法是全新的，
出版界议论纷纷。

1949年3月8日

皮埃尔在妻子的帮助下，把"真财富"经营得非
常好，我得开始新的计划。诗人塞纳克鼓励我，他在
法国经历了许多冒险之后，也回到了阿尔及尔。

---

① 阿尔及利亚北方市镇，位于阿尔及尔附近。
② 应为《城市的高地》，法语中"高地"（hauteur）和"作者"
（auteur）只相差一个字母，可能是夏洛的笔误。

1949年5月22日

和阿尔贝叔叔一起，在米什莱街18号，开了一家新书店，名叫"海岸"。已经想好了无数个点子，让这个新地方红火起来。塞纳克经常来看我，热情洋溢，穿着运动短裤和帆布鞋。我们计划在书店的地下室开一家艺术画廊。

1949年12月1日

巴黎法院宣布夏洛出版社破产。残酷的巴黎历险，集体友谊的挫败。

我的生命刚被粗暴地翻过一页。

五

里亚德正准备锁上店门，比萨店老板穆萨来了，请他去吃晚饭。

"我妻子做了很好吃的古斯米①，阿卜杜拉总是说起你，我们很高兴认识你。"

两人穿过比萨店，又走过一条长长的走廊，路边堆满汽水箱和清洁用具（洗涤剂、扫帚、瓶装消毒水、粉色条纹的白色抹布、装满水的桶），接着爬上一段楼梯，上面有个饭厅。穆萨示意他坐下。

"我妻子和女儿马上就来。阿卜杜拉在做祷告，

---

① 源自马格里布柏柏尔人的一种食物，由粗麦粉做成。

他不会迟到的。"

桌子是圆形的，铺着一块漂亮的桌布，正中间摆了满满一盘古斯米。里亚德有些拘束，笨拙地说：

"谢谢您请我吃饭。"

"很高兴接待你。"

"阿卜杜拉和您住在一起吗？"

"是的，他睡底楼。你知道，他是个善良的人。"

"是的……"

"他跟你讲过他的故事吗？"

"讲过一点。"

"他可不是个轻易表露自己的人。你知道，这家书店有过辉煌的历史。我一直住在这个街区，有时会跟从前的房东'夏洛太太'聊几句。她是个矮小健壮的妇人，买卖二手书。有几个爱打听的家伙常挤在书店里，她跟他们谈起加缪如何到店里来改稿子，还谈到展览和作家。我原以为她是阿尔及尔出版商的妻子，甚至遗孀。事实上，她是夏洛弟弟的遗孀。可怜的女人1992年走了，那时这里的情况开始变糟。你觉得这些都很遥远吧？你那时候应该还小。你知道的，那是个古怪的年代。大家并不真的了解发生了什么。
阿尔及利亚的电视新闻里，总统走马灯似的换，军人
打了胜仗，有人在握手。你还记得吗？日子越来越艰
难。困难时期来了，我妻子不再叫我买这买那。我去
市场，看到什么买什么，只要我没丢掉性命，能安全
到家，她就高兴了。因为这个，恐怖主义倒是让所有
妻子安了心。

"我们原以为情况很快就会好转，但事情并非
如此。这些魔鬼进了村，杀了男人、女人和孩子。第
二天或第三天，我们在报纸上读到恐怖事件，报纸是
我们最好的信息中转站。想象一下那个年代记者的勇
气，他们什么都经历过：暗杀、炸弹、威胁、绑架、
流放、谴责……可他们每天都在自己的岗位上。他们
对我们这样的人非常重要，我们没有别的渠道了解发
生的事。有时候，我想给一些我敬佩的记者写信，但
我一直没有勇气，时间就这么过去了。我说得太多
了。"

"不，不。"

"你很有礼貌。你知道，阿卜杜拉的女儿放假的
时候来看过他。其他时候，她住在卡比利的爷爷奶奶

家。她母亲去世以后，医生们建议她远离城市。她是
个很腼腆的姑娘，极少微笑。她待在阁楼上，坐在地
上看书，微笑着。夏洛在那里放了一些好东西，那些
东西比外面发生的一切都伟大。"

里亚德没有动。他知道男人是不哭的，可他明
明看见穆萨的眼里含着泪。主人深吸了一口气，继续
说：

"有一天，阿卜杜拉跟我说，那些作家，至少是
想当作家的人都帮过他女儿。"

穆萨的妻子来了。她温柔的面庞，笑盈盈的眼
睛，朝里亚德抛了一个嘲讽的微笑。他认出她就是把
脏水倒在他头上的那个女人。一个小姑娘跟在她身
后，顶着乱蓬蓬的鬈发，像是刚从床上掉下来。里亚
德注意到，她和她父亲一样，长了一块非洲大陆形状
的胎记。她穿着睡衣、长裤和羊毛套衫，上面有一只
眨眼的米老鼠。阿卜杜拉紧跟着也进来了，右手数着
念珠，神色疲惫。除了古斯米，女主人还端来一大盘
沙拉、科斯拉①、一盘肉和一碟鹰嘴豆。太斯米②。饭

① 阿尔及利亚传统面包。
② 阿拉伯语，意思是"奉至仁至慈真主之名"。

吃到一半，小姑娘对她父亲说，很想去度假。穆萨脸色变得忧郁起来：

"我们住在海边，一年到头都在自己家门口度假。"

里亚德微笑着对孩子说：

"我书店里有一些书送你，如果你要的话。"

"不，我不喜欢看书，我喜欢画画。"

阿卜杜拉朝她瞪了瞪眼，于是，小姑娘又说：

"不过，我班上倒是有个小男孩喜欢看书。他家没有书，你能把书送给他吗？"

"好的，我会带些书到你学校去。"

"你知道我们学校在哪儿吗？"

阿卜杜拉插话说：

"吃完饭，我们去转一圈，我指给他看。"

里亚德跟随着老书商，老人拖着他走在一条条昏暗的小巷里。他们在一栋没有招牌的屋子前停下，一个男人微微打开门，露出怀疑的神色。一看到阿卜杜拉，他面露喜色，把他们请进屋。他们穿过小小的庭院，进了一栋正面墙壁开裂的房子。地下室的墙壁呈深灰色，像被火烤过。他们经过塞得满满的垃圾桶，骨瘦如柴、低声怒吼的猫，好几本封面撕破的历史书，破损的电视机和一把缺了腿的椅子，然后走进一个烟雾腾腾的酒窖。烟太浓，光线朦胧，很难估计有多少客人。一个浓妆艳抹的女人在门口打电话：

"我爱你。是的，我爱你。别说了，我爱你。"

里亚德朝阿卜杜拉俯下身，问道：

"我们这是在哪儿？"

"萨义德的店。"

"萨义德的店？"

"是的，有些晚上，他开在这里。"

"可是……这算什么？赌场？酒吧？"

"不，不，只是一个抽烟、聊天的地方。萨义德没有执照，不能开到天亮，而且这里什么事都变复杂了，单纯的聚会也要办无数许可证。现在是官僚和猜忌的年代，所以他偷偷地干，来的只有熟客。去四处逛逛吧，跟你的同龄人一起玩玩，我看到律师了，我要去问他们问题。"

里亚德迟疑着，不敢靠近桌子，最后独自一人在一群30多岁的女人身边坐下。陪她们坐的是一个比她们年长许多的男人，金发，怪里怪气地戴着墨镜。

桌上摆着二十几本书，面朝女孩们。她们轮流把一本书放在男人手上，他说了点什么，惹得她们大笑、拍手。她们中有人注意到里亚德探寻的目光，突然发问：

"我敢打赌，你是在想为什么尤瑟夫做的事让我们这么激动吧？"

"是的……"

"尤瑟夫是盲人，可他只要摸一摸封面，就知道是哪本书，还能把一段文字从头背诵出来。你要不要考考他？"

"好吧。"

里亚德在尤瑟夫手里轻轻地塞了一本书，《戴奥蒂姆农庄》，亨利·博斯科著。封面是白色的，漂亮，古典，"NRF"①三个红色的字母很醒目。尤瑟夫抚摸着书，翻来翻去，闻着气味，喃喃地说：

"八月的黄昏，在我们家乡，炎热的暑气炙烤着田野。无处可去，只能待在家里，在昏暗中等着吃晚饭。"

---

① 新法兰西杂志出版社的缩写。

姑娘们再次鼓起掌来。里亚德认输了，他去找阿卜杜拉，但是没找到，最后一个人回去了。街上只有几盏路灯和微弱的月光，几乎看不清路。

阿尔及尔，夜晚。

（阿尔及利亚，1954年）

10月10日，在热闹非凡的巴布瓦德街区的一栋房子里，六个人在聚会。几个月前，他们秘密投票准备武装起义。起义时间定在10月31日夜间到11月1日。

10月24日星期天，六个人修改了政治传单，传单将从开罗寄给外国记者。他们的力量很弱小：只有一千多人分散在整片国土上，几乎没有受过战斗训练。没有钱，区区几百条枪，还要用各种办法说服民众。会议结束后，他们来到街上，走向离美琪电影院不远的佩利西埃营房，然后进了一家照相馆。在照相室里，他们为拍照做准备：试图让卷曲的头发服帖些，检查领带是否系好。

只有两把凳子。他们考虑了一下，照相师给了建议，最终克里姆·贝勒卡桑和拉比·本·米迪坐在了拉巴赫·比塔特①、莫斯特法·本·布拉依德②、迪杜什·穆拉德③和穆罕默德·布迪亚夫前面。

"注意了，别动。"

咔嚓。

他们不知道，这张照片将环游世界，半个世纪以后，学校仍把它展示给孩子们看。

与此同时，安全局局长让·沃舒尔正在咒骂统治集团，骂他们忽视他屡屡发出的警告。他的神经绷得紧紧的，有事情要发生。但在法国，他们以为1945年的大屠杀已经消灭了土著人心中所有的反抗思想。胡志明的军队在奠边府重创法国军队，法国前所未有地

①　拉巴赫·比塔特（Rabah Bitat, 1923—2000），阿尔及利亚政治家，1978年12月27日到1979年2月9日担任阿尔及利亚临时总统。

②　莫斯特法·本·布拉依德（Mostefa Ben Boulaid, 1917—1956），阿尔及利亚军人，民族解放阵线（1954）的六位缔造者之一。

③　迪杜什·穆拉德（Didouche Mourad, 1927—1955），阿尔及利亚军人，民族解放阵线的六位缔造者之一，阿尔及利亚民族解放战争的领导者之一。

需要阿尔及利亚殖民地的安宁。

凌晨1点15分，在整个阿尔及利亚，政府大楼成了袭击的目标。大约十多人死亡，其中四个是军人。政治宣言发往多个国家首都的报纸，宣布阿尔及利亚脱离法国。11月1日早晨，冷得刺骨。我们刚醒来，就从收音机里听到前一晚发生的事。白色的天，白色的光，白色的脸：一夜之间，阿尔及利亚失去所有的色彩。除此之外，无法描绘我们的国家。连阳光也变成了白色。

突然，一切都变了。

我们成了狂热分子、忘恩负义之人、被人操纵的孩童。我们的袭击成了懦弱残忍的行为、无耻的罪行，我们配不上法兰西。半裸的年轻人被人从床上拖起来，押上警车。再也不能闲逛，宵禁开始了，我们全都处于威胁和监视之下。斗殴时有发生，不是拳打脚踢，就是用头撞。晚上，我们也不再到咖啡馆打牌了。卖炸糕的商贩遇到军人从面前经过，纷纷低下头。阿尔及利亚的极端分子拼命发传单，到处是威胁和罢工。人们的目光中充满憎恨、害怕、沮丧和愤怒。一种浓厚的混合物把我们包住，吞没。

我们再也无法安眠。

爱德蒙·夏洛的记事本

（阿尔及尔，1959—1960年）

1959年10月8日

阿尔及尔的气氛很紧张。于勒·洛瓦曾呼吁阿尔及利亚独立，秘密军队组织悬赏他的人头。民族解放阵线在纽约有了代表团，三年来，为了让联合国重视阿尔及利亚问题，这些年轻人一直在努力奋斗，做出了震撼人心的事。两年前，土著商人总罢工遭到破坏，军队强迫他们重新营业。这一事件令人印象深刻，同样震动人心的还有摩洛哥国王的飞机遭遇劫持，机上载着民族解放阵线的五位领导人。军队做出越来越多的残忍行径。世界各地的呼声越来越高，要求法国停止这场可怕的战争，因为以"事件"之名掩盖的是一场真正的战争。

1959年10月12日

和穆路德·弗哈昂一起吃晚餐，我责怪他没有把小说《穷人之子》寄给我。他微微一笑，用温柔的嗓音告诉我，1945年他给我寄过一份手稿。

4月6日，他仍然记得那一天，他收到一封印着夏洛出版社抬头的信。他激动地拆开，却只是一封收信回执。他按信上所说耐心等待，不敢谈论此事，不敢梦想有朝一日能出版，他只是个依靠奇迹才学会了认字的卡比尔人。最终，他在8月6日，又是6日，收到一封盖着"夏洛出版社"印章的信。他把信给我看。一封冷冰冰、不带感情色彩的信，一封退稿信，说审阅委员会决定不采用他的小说。

这封回信是对他作品的侮辱，他的作品温和、宽厚，表达了对童年的敬意。让·安鲁什从来没跟我提过这件事。失误？嫉妒？我很震惊。穆路德自费出版了《穷人之子》，后来经罗布莱斯引荐，转投了瑟伊出版社。他告诉我，小说入围了阿尔及利亚文学大奖，但歌功颂德的评委会不能下决心把大奖颁给土著。有人推举他获几千法郎的鼓励奖，但他一直没收到过。

1959年10月14日

安鲁什和弗哈昂的事让我久久不能平静。有一天，我会知道真相吗？

1960年1月4日

加缪！

1960年1月5日

接到电话的时候，我正在参加绘画奖颁奖典礼。我不知道电话那头是谁……那人在哭，反复说"他死了"。至少过了五分钟，我才明白她的话。

1960年1月19日

外祖母去世了，我和母亲的最后一丝联系断了。逝于比芒德雷斯①，享年96岁。悲伤的1月。

---

① 阿尔及尔南郊市镇。

1960年4月9日

这里发生了恐怖事件。有人建议我们不要出门，可是总得去工作。在报纸上给出这些建议的人，以为我们拿什么谋生呢？

1960年4月11日

昨天，在一家咖啡馆热烈讨论。大家在柜台边说话，彼此并不相识。我说："有人暗杀平民，把炸弹放在路灯下，杀害清洁女工和邮递员，借口是他们是阿拉伯人，真是可耻又可怕。"朋友们让我当心，可是当心什么，当心谁？

1960年4月17日

越来越多的人来书店，也到2号乙，却没钱买书。每当我有能力，就悄悄塞给他们一本我喜欢的书，对他们说："拿着，改天再付。"几个星期，几个月之后，他们会带着钱来还我。

1960年6月7日

昨天，一个20多岁的年轻人给我带来一部手稿。他几乎不敢看我的眼睛。作品写的是当地风土人情，写得非常出色。

和罗布莱斯一起讨论办杂志的事，他同意加入。找到了资金，至少能办六期！10月份开始，和朋友们一起干。1961年1月出第一期，向加缪致敬。罗布莱斯列了一份清单，上面写着可能参加活动的瑟伊出版社的作者。

1960年9月9日

又发生了几起恐怖袭击。秘密军队组织发出的威胁。混蛋！

1960年9月11日

在此时此地办杂志，简直是疯了！但要是现在不办，就太晚了。

1960年9月24日

有人给我看了一张发给阿尔及利亚入伍青年的传单，问题是这些蠢话总是不缺纸来印。

1830年，我们的第一批士兵登陆时，他们没有看到国家、君主、政府或人民，只看到边界不明的部落，相互间永无休止的征战。这些游民劫掠村庄，城市勒索乡村。法律只有一条：服从强者。

……其次是未来，你的未来。阿尔及利亚南部沙地下埋藏着石油，估计每年能产6000万吨，是法国使用量的四倍。在阿尔及利亚的撒哈拉沙漠边缘，还有铁矿、铜矿、锰矿和全世界最大的磷酸盐矿。

1960年10月6日

几个月来，顾客总问我在这里做什么，打算去哪儿，明天去哪儿。我待在这里，这里就是我的家，况且，我去别的地方能干什么呢？

1960年10月9日

大量资金向法国转移，银行对此很恐慌。我什么也印不了。办杂志的计划搁浅。

1960年10月17日

我得知在《121人宣言》①上签字的某些人遭到审查，并且不能获得任何国家援助。维尔高拒绝了荣誉军团勋章，以此抗议在阿尔及利亚的暴行。一些完整的家庭因为这个国家的未来而破碎了。

---

① 1960年9月6日，法国知识分子、艺术家等人发表了《121人宣言》，要求承认阿尔及利亚人寻求独立的合法权利，谴责法军的暴行，并呼吁戴高乐政府尊重法国人拒绝参战的决定。

六

和克莱尔的第一个早晨。房间冰冷刺骨，她掀开羽绒被时，里亚德看到她涂成天蓝色的指甲。他看着她在一本红色皮面的笔记本上，一字一句地写着，暗暗希望她在写他。"是写给我自己的，一些过去的事。"她微笑着说。

克莱尔很美。这位年轻姑娘，身材苗条，眼睛蓝蓝的、冷冷的。问题在于，蓝色会深深地吸引你，让你沉溺其中，迷失自我。

她常在梦中嘟嘟囔囔，可她说不要紧，噩梦，或是误入的阴影。她数羊，然后微笑着重新入睡。在街上，她走得飞快，有时回头看看，总觉得有人跟踪。

有时她会跑回家，因为有人盯着她看。她笑自己胆怯，不想惹人注意。有一天，里亚德看到她蜷着腿睡在沙发上，便握住她的手。温暖，柔软，有些干燥。克莱尔坐了起来。"我在这儿，在这间崭新却已经老去的公寓里，很好。我和你在这段脆弱的感情中，很好。"

里亚德心里发急，想尽快结束这次伪实习，回巴黎去，和克莱尔在一起。他想象自己已经到了巴黎，看到她睡在大床上，轻轻地在她身边躺下。她低声抱怨，伸出胳膊环住他，亲吻他的脖子。

透过"真财富"巨大的玻璃橱窗，他看到水洼里接连飘过的云朵。雨中的这座城市阴森可怖，唯独几只麻雀打破了早晨的寂静。在阿尔及利亚，得到幸福总是那么不容易，就连摆脱一家书店也成了一部史诗！

他又开始干活。其中一本书叫《丰满的日子》，上面有一段题献：

怀着友谊献给爱德蒙·夏洛，感谢他关照《丰满的日子》。让·季奥诺，1937年8月。

他把书放进手提箱。送给克莱尔的礼物。他在书架后面找到掉在那里的两张黑白相片，一张拍的是一群人。背面用黑墨水写着几个名字，笔迹潦草，几乎难以辨认：安鲁什、富歇、罗布莱斯、夏洛；另一张上面有个女人，倚着树干，头戴一顶很大的帽子，背面只写着：玛农·夏洛。他把照片也放进了手提箱，把上百张订阅卡扔进垃圾桶。卡片上布满细细的格子，用孩子般稚气的笔迹小心翼翼地填写，他想也许是阿卜杜拉的字迹。

夜幕降临，有人轻轻叩门。一直穿着米老鼠睡衣的邻居女孩朝他招了招手。里亚德打开门，她递进来一只餐盘：

"是妈妈叫我来的，她让我给你送点吃的，因为你什么都没有，会饿死的，我们得关照你。"

"啊，替我谢谢你妈妈。"

"这是西红柿牛肉丸子。"

里亚德一边看着脚下的书名，一边狼吞虎咽。他在卫生间里冲洗了餐盘，然后上楼躺在床垫上，和衣而卧。他听见一架飞机掠过屋顶，发出轰鸣。他想象巨大的白色机身和飞机上的乘客，想象昏暗的机舱和夜间看不见的尾迹云，又想到和克莱尔在普罗旺斯，想到那群朋友；回想起满天星辰，想起克莱尔，头发散乱，鼻尖总是红红的，温软的手，阵阵笑声，突然落在沙滩上的雨，出乎意料，想起烤鱼、煮鱼、炸鱼。他在想象中沿着沙滩向前，避开黑色的大石头，走进一条小路。房子的墙壁上攀附着花朵。

他没有再听见飞机声。

差不多结束了。里亚德拆掉了书架，只从灰尘的痕迹看得出，上面放过很多年书。

阿卜杜拉没有出现在人行道上。门口的马脸妇人正往胳肢窝里喷冒牌香水。里亚德厌恶地看着她，她察觉到了，喊道：

"你在干吗？你想要啥？"

里亚德没有回答。

"扑哧——我要把你眼睛弄瞎，等着瞧吧，你这个小色鬼。对，没错，滚开。你要是敢跟别人说一个字，我就告诉我表哥，他是当兵的，会把你抓到沙漠里去，让豺狼把你吃掉，小流氓！"

里亚德溜进了小巷。自从来到这里，他还是第一次觉得阿尔及尔的这片街区有温情。路过空空的商店、关着门的小学和市政厅办事处，办事处门上贴着一张纸，写了开放时间，办理任何手续都须携带身份证件。一辆灰色的雷诺小汽车从他身边驶过，车上坐着两个男人。里亚德瞥了他们一眼，两人都留着胡髭，戴着太阳镜，穿着灰色西装。里亚德右拐，小汽车也一样。他感到厌烦，就进了一家很大的旧货商店。一个推着孩子和大包小包的妈妈撞到了他。

他喊来营业员，要买蓝色涂料。

"什么样的蓝色？"

"浅蓝。"

"这里没有。"

"那就海蓝。"

"也没有。"

"天蓝？"

"哦，没有。"

"长春花蓝。"

"没有，我们不卖这个。"

"您店里有涂料卖吗？什么颜色都行。"

"不卖。你知道的，小伙子，运输和供给出了问题，已经很久了……"

"可您身后的大桶上面写着'涂料'。"

"哦，这个啊？这个不卖，摆着当装饰的。"

"好吧，好吧，算了！那您身后那些蓝色的滑轮箱，卖不卖？"

"哦，这些你可以买。"

里亚德小声抱怨着走回书店。马脸妇人已经不在了，刚才那辆灰色的雷诺小汽车却停在那里。车里的男人在看报纸，发动机已经熄火。里亚德在桶里装满水，往里面倒了一点消毒液，拿起抹布，用纸张和报纸把地面盖住，踩在地上吱嘎作响。他开始清洗书店的墙面，很快墙看上去干净了。小汽车一直停在人行道上，不怕被罚款。太阳下山的时候，他终于放下抹布。干了这么多活，他觉得热，浑身是汗，但他知道外面降温了。霉味变成了消毒水的气味。他环顾四周，在心里默默记下还需要做的事：

把书处理掉；

扔掉家具；

扔掉床垫；

扔掉办公桌和椅子；

扔掉冰箱；

拿起行李，回巴黎见克莱尔，希望她还涂着蓝色的指甲油；

亲吻克莱尔；

把克莱尔逗笑。

他打开灯。想到很久以前，就在这个地方，待过一些作家、诗人和画家。"够了，所有这些事让我头疼。"

他把书胡乱放进那些蓝色滑轮箱。把箱子推到外面，放一张纸，上面写着：免费，自取，全部拿走！！！

两个男人从灰色汽车里看着里亚德，其中一个嘴上叼着烟，从口袋里拿出手机，拨了号码。里亚德走向萨义德咖啡馆。头顶黑色的天空像一个巨大的屋顶，去咖啡馆的路似乎比平时更长。他感到疲倦，筋疲力尽，焦躁不安。**是该结束了！**

阿卜杜拉一边看报一边喝咖啡。里亚德在他对面坐下，一言不发。晚上的客人更加不知姓名，也更加激动。突然，从地底下传来隆隆声：一名工人在用风镐凿路面，另外两名盯着窟窿。几分钟后，他们停了下来，放下工具，在咖啡馆里坐下。街上有留着胡子的男人、成群结队的年轻人、孩子和动物，一个十分矮小的男人拖着一张巨大的显示屏，一群不知姓名的人走在回家的路上。一群少年一边跑，一边摇着阿尔及利亚的大旗，脸上涂着绿色、白色和红色。里亚德微笑着看着他们经过。他们喊叫着，跳着舞，唱着歌。几辆小汽车按着喇叭。路灯亮起来了，发出暗绿色的光。有些灯不亮，灯泡碎了。里亚德终于打破沉默：

"有什么有趣的新闻吗？"

"一家工厂发生了严重事故，死了三个人。"

"怎么回事？"

"还不知道。"

"会调查吧？"

"嗯，肯定会的。你知道吗，在我八九岁的时候，一座殖民农场发生了可怕的事故。一个阿尔及利亚人，当时叫土著，被一辆失控的四轮货车压死了。努尔丁有三个孩子，他的四轮货车失去平衡，猛地翻车了，一只轮子压住了他的身子。那时候，我们没有权利要求调查。他们说事情就是这样，谁都没有罪，就把可怜的人埋了。"

"您为什么会想起这些？"

"那是我第一次参加葬礼！说来惭愧，我对发生的事其实很兴奋。这些人看上去那么高大，像巨人一样。他们动作坚定有力，把白布包裹的尸体稳稳地抬起。所有人面色悲戚，除了我，我忍不住想那些巨人。我喜欢巨人的故事，母亲为我编织了许多童话。告诉我，起初世界上到处是巨人，但因为我们心存恶念，真主把我们变小了。我知道我应该悲伤，为努尔丁祈祷，但我做不到。守灵的时候，有人喊叫，有婴儿啼哭，女人们想起亡者生前的逸事笑了起来，也有人在哭。这些声音伴我度过夜晚。男人们聚在外面，满腔怒火。天很冷，他们一边抽着劣质烟草，一边跺脚、蹦跳，时不时擦去眼泪。父亲让我陪他去墓地，虽然母亲反对，觉得我还太小，但我喜欢和男人们在一起，而且父亲握着我的手，我感觉非常好。"

"您为什么在肩上披一块白布？"

"这是我的裹尸布。"

"您的什么？"

"裹尸布，将来人们可以用这块布安葬我。"

"好可怕，您为什么时时刻刻把它带在身上？"

"为了不麻烦任何人。真主召唤我的那一天，有人可以马上安葬我，我就不会打扰朋友们了。"

"可是……"

"等你到了我这个岁数，孤身一人的时候，就会明白。"

服务生给他们端来咖啡：

"你们留下来看比赛吗？"

"什么比赛？"里亚德问。

"什么比赛？今天的比赛呀！"

"和谁打？"

"法国！友谊赛，要出事……再过五分钟，整个阿尔及利亚的人都会到电视机前，为国家队加油。"

"可他们会输，不是吗？"

"闭嘴！你会给我们带来霉运。"

工人们愤怒地瞪了一眼里亚德。服务生又说：

"就快开始了！"

他关掉灯。年轻人拍着桌子兴奋地大喊。几个大学生要了啤酒，一口喝下。阿卜杜拉站起来，里亚德紧随其后，他们坐到柜台边。"这是看比赛的最佳位置。"一群常客和几个一言不发但面色凶狠的醉鬼盯着屏幕。法国队入场时，有几个客人喝倒彩，其他人说："嘘，闭嘴，要尊重他们，你们这些白痴。"一个老人看上去喝醉了，冲那些脸上涂着红绿白色的年轻人喊：

"像演木偶戏。"

"哎，老家伙，住嘴，别说了。"

"你们看球，像同性恋……噗。"

"住嘴，滚一边去！"

"我当年知道自重。这是什么，你们搞的什么发型？"

"闭嘴，老家伙！"

"一个伟大的、伟大的球员。你们现在什么都不学，一群蠢货！1958年4月14日，我几岁来着，14岁，世界杯的前一个月。"

"谁要听这些！"

　　"两个男人走进拉希德·梅赫洛菲[①]的病房，他是圣埃蒂安的明星前锋，上一年度法国冠军。21岁……你们多大了？前一晚，他在对抗贝济耶俱乐部的时候受了伤，正在休养。两个人，一个是莫克塔·阿热比，阿维尼翁俱乐部的教练，你们知道阿维尼翁吗？不知道？你们什么都不知道，一群没文化的。另一个是阿卜杜勒哈米德·科马利，奥林匹克里昂俱乐部的成员。这三个人都来自塞提夫。

　　"自1945年大屠杀以来，他们心里很不平静，建议拉希德加入他们，一起组建阿尔及利亚国家足球队。他必须偷偷离开法国，放弃一切：放弃朋友和参加世界杯的希望。放弃所有这一切，去加入一个并不真正存在的国家里一支不存在的球队。拉希德立刻同意了，另外两人非常高兴。他们接到命令，给他报酬，可是拉希德什么要求也没提。他也是法国的战士，但他愿意当逃兵，放弃成为世界冠军的念头。他

————————

① 拉希德·梅赫洛菲（Rachid Mekhloufi, 1936—   ），出生于阿尔及利亚塞提夫的足球运动员，一开始在法甲圣埃蒂安足球俱乐部踢球，后因阿尔及利亚独立战争爆发，退出法国国家代表队，并加入阿尔及利亚民族解放阵线所组成的足球队。

只有21岁，我跟你们说过吗？是的，说了。"

"你还不闭嘴吗？"

"他们一共十几个人，穿过瑞士或者意大利边境，前往突尼斯，从此开始冒险！！！"

"该死，法国队进球了！！！！"

"所有报纸上都写着：'九名来自阿尔及利亚的法国穆斯林从各自的俱乐部逃跑'，'民族解放阵线球队'或'阿尔及利亚战斗球队'。真是不可思议！绝对机密，谁都不知道。好像连民族解放阵线也不知道！全世界的电台谈论了三天。这事把法国人急坏了，全世界都听说了我们。以前发生过这种事吗？阿尔及利亚球队就是在这样模糊的情况下建立的，它即将走遍世界。他们取得了65次胜利。法国要求国际足联阻止他们参赛，可是很多国家不理会。他们喜欢这个故事，而且这些家伙很让人感动。他们为阿尔及利亚事业赢得了十年时间。这可不是我说的，是费尔哈特·阿巴斯①说的，你们知道塞提夫的药剂师费尔哈

---

① 费尔哈特·阿巴斯（Ferhat Abbas, 1899—1985），阿尔及利亚政治家，民族解放阵线领袖，1958—1961年出任阿尔及利亚共和国临时政府首届总统。

特·阿巴斯是谁吗？学校真是什么都没教你们！"

"听着，老家伙，这跟我们屁关系也没有。喝你的啤酒，看比赛！"

"瞧，这些小伙子，他们为了一件可能行不通的事牺牲了一切，其中某些人可能会被枪毙。那时，法国有一部分人管他们叫叛徒。与其辱骂他们，法国人不如想想，为什么有大好前途的年轻人会为了一桩在法国看上去那么不合法的事业放弃一切。"

两个有几分醉意的年轻人靠近阿卜杜拉，触碰他的裹尸布：

"啊，这很好嘛，我来摸一摸……"

阿卜杜拉把他们推开，一名女服务员过来把这两个无礼的家伙往门口拖，眼里充满怒火，然后回来整理那块白布，弄平整，并亲了亲阿卜杜拉的额头。他报之以微笑，她转过身对里亚德说：

"你好，还记得我吗？我叫萨拉。那天晚上我们在萨义德咖啡馆见过，和我的女伴们一起。"

"啊，对了，还有那个瞎子……"

"尤瑟夫。"

"尤瑟夫？"

"是尤瑟夫，不是瞎子，傻瓜，叫他的名字。"

"是的，当然。还有，我想起来了，我有一堆书要送人，你愿意过去拿吗？"

"我明天来。选一两本，尤瑟夫会高兴的。"

她在里亚德旁边坐下看比赛。两人的大腿挨在一起。他感觉到年轻女子的体温、头发和肌肤的香气。他尽量不去看她近乎红棕的棕色长发。她穿着黑色紧身裤和胸口绷紧的衬衫。

中场休息。听见喇叭声，汽车已经涌上了街，楼房的阳台上时不时传来人的声音。里亚德趁中场休息溜了，他发现灰色小汽车和车里的人还在。有人拿走了蓝色箱子，却把书扔在地上。书泡在水洼里，彻底弄坏了。干坏事的小滑头还在里亚德留下的纸条上加了一句"谢谢"。纸条被贴在"真财富"正面的墙上。

（巴黎，1961年）

雨落下来，天阴沉沉的。塞纳河边的风刮得猛
烈。戴帽子的孩童，盛装打扮的年轻姑娘，皮包，缝
补过但干干净净的衣服；一家人或是跟朋友一起；面
露笑容或神色庄重。我们一起游行，抗议法国对阿尔
及利亚人强制实行宵禁。

这些阿拉伯人！北非佬！马格里布人！这些老
鼠！阿拉伯老鼠！这些废物！渣滓！打死他们！屠杀
他们！消灭他们！把他们当子弹！用棍子！用警察的
武器！用砖头！杀掉他们，杀得越多越好！杀掉几十
个！屠杀那些人！他们在巴黎，面对塞纳河，面对我

们的名胜，面对我们的树，面对我们的女人，无所事事。屠杀他们！打死他们！把他们扔进水里！看着阿尔及利亚人的尸体沉到泥水里，棕色、遥远的尸体。但愿他们消失。立刻！警方对示威者发动猛烈袭击。发生在巴黎的种族主义暴力行动。巴黎！巴黎在帕蓬①指挥的警方的协助下杀人。野蛮。在巴黎的街巷里追捕。不用担心，把他们扔出去，扔进塞纳河。残缺的尸体。用枪托和警棍殴打。绞死在文森森林里的尸体，漂满尸体的塞纳河。释放的仇恨，喧闹，混乱。

警棍砸在蜷缩的身体上，砸在鲜血淋漓的头颅上，砸在手无寸铁的人身上。巴黎人沉默着。再次袭击，人倒在地上，到处是血。救护车的声音。还在打人，塞纳河里漂着尸体。1961年突如其来的大搜捕。除掉阿拉伯人，给巴黎消毒，净化街道。镇压，悲惨。巴黎从早上开始杀人。除了警察、共和国保安部队和机动宪兵，还增加了辅警部队，也就是法国殖民军在当地招募的由穆斯林军人组成的特警队。毫不留

---

① 帕蓬（Maurice Papon, 1910—2007），法国政府高级官员，曾任巴黎警察局局长，在1961年10月17日巴黎大屠杀中，下令袭击了游行示威的阿尔及利亚人。

情，甚至在游行之前，就开始了第一批逮捕。辱骂，殴打，凌辱，强迫吞下整支香烟。在水里混入消毒剂。突然搜捕。阿拉伯人脸上的鲜血，断腿。他们打人，放出恶狗，让皮肤黝黑的人在墙根站成一排，把他们赶上警车，在大街上抓住他们的鬓发，凭相貌逮捕。他们扔石头，把人淹死，打捞了整整一个月的尸体。这一切持续了多日，塞纳河遍布尸体。双手被捆在背后，被自己的腰带勒死的尸体，被捆绑着抛入水中的尸体。他们通知远在阿尔及利亚的死者亲属，家人不知道发生了什么。草草埋葬。巴黎！

　　搜查酒吧，用大棒殴打。头颅里的手枪子弹。把尸体埋在乱葬坑里。腹中的子弹。蜷缩着自卫的尸体。铁棍和灌铅的棍子。巴黎！挨个询问，面壁，血水坑。脸色苍白，颤抖的手，惊慌失措的眼睛。警棍、枪托的敲打声，脚踹的声音。被打昏和扔掉的阿拉伯人。被枪杀。几百号人。排成无止境的长队，举着双手，被逮捕。被殴打。

　　夜幕降临。推开窗户。我们满腔怒火，拖着疲惫的身躯，发出撕心裂肺的喊叫。亡者的终极救赎。

10月17日午夜，有警察拜访了《观察家报》的创办者克洛德·布尔代和吉勒·马蒂奈，想刊登一份匿名传单。10月31日，登在四个版面上，署名是"一群共和国警察"，明确表示：关于1961年10月17日和之后几天对和平示威者的袭击（在他们身上并未发现武器），我们有义务提供证词，并引起公众的警觉。……所有落入这个巨大陷阱的阿尔及利亚人都被打死并抛入了塞纳河。

多年以后，祖父们看到我们离开家乡前往海的另一边，都会叮嘱我们小心："法国人冷酷无情。"而我们不会理解，因为我们会忘记这一切。

爱德蒙·夏洛的记事本

(阿尔及尔，1961年)

1961年4月29日

由才华横溢的路易·贝尼斯迪①设计的加缪纪念碑在蒂巴萨废墟中央揭幕。只能在那里。碑上刻着《婚礼集》②中的一句话:

我在这里明白了什么是光荣,那就是无限地爱的权利。

震撼。

---

① 路易·贝尼斯迪(Louis Bénisti, 1903—1995),出生于阿尔及利亚的法国画家、雕塑家,1934年在爱德蒙·夏洛的"真财富"书店举办过画展。
② 《婚礼集》收录了加缪的四篇随笔,其中一篇为《蒂巴萨的婚礼》。

贝尼斯迪设计的加缪纪念碑

1961年7月3日

关于安鲁什的传闻。有人跟我说，很多对我的诽谤都是从他那里传出来的，据说他还谈到挪用公款，悄悄告诉波朗，说我"不诚实"。我试图告诉散播谣言的人，这些事我不关心。安鲁什曾是我的朋友，其余的无关紧要。**当时，我们都是朋友，夏洛出版社就是这样。**

1961年9月5日

我在米什莱街的书店遭到袭击，可能是秘密军队组织干的。我们觉得他们弄错了，原本是冲着别人去的。一切都好，虽然我损失了约20%的藏书。

1961年9月7日

我马上动手修补和整理。我还没缓过劲来。

1961年9月10日

换了新的门，修好了书架，把家人送往法国。

爱德蒙·夏洛

1961年9月15日。

我的"海岸"书店

遭受第二次灭顶之灾。

他们摧毁了一切。

混蛋！

1961年9月16日

书店被洗劫一空。我失去了一切的一切：加缪的阅读笔记，我与纪德、安鲁什及其他人的通信。几千本书、文件、照片和手稿被抢走，珍贵的档案化为乌有！楼上也被洗劫，只剩下几本书和我的私人记事本。整个生活坍塌成了一堆瓦砾，我被击昏了。是什么样的指令？他们想毁掉什么？他们想击中谁？是《阿斯图里亚斯起义》的出版商吗？他还不到20岁。是维尔高的出版商，还是《阿尔及利亚将以法国的方式幸福地生活》的出版商？是参与抵抗运动的出版商，还是前不久在咖啡馆里高声说话的那个人？他谴责每天炸死阿拉伯人。是姆姆的朋友还是其他人的朋友？姆姆……姆姆，永远的挚友，在废墟瓦砾之中……姆姆，卡斯巴哈的抒情诗人，来探望过我，还在我口袋里悄悄塞了一卷钞票，那是他全部的积蓄。

1961年9月17日

橱窗砸碎了，玻璃散落在门口，金属网也毁坏了。瓦砾和纸屑。

我没有勇气再从头来过了。

1961年9月18日

我们清理出了什么？20吨瓦砾和纸屑。加缪的手稿，季奥诺的信，杂志的封面设计图，从1936年开始所有我出版的书，祖父留给我的书……瓦砾和纸屑。

1961年9月24日

我一分钱都拿不出来了，孤身一人在阿尔及尔，和我的瓦砾一起。

1961年10月5日

有人让我离开，家人从法国不断写信来，但我不能离开阿尔及尔。一切都是暂时的。

1961年10月12日

阿尔及尔的法国第五广播电台台长乔治·杜埃向我伸出了援手。他让我负责新闻杂志，兼任艺术顾问。

1961年10月19日

一名记者（又一名）准备写一篇关于加缪的报道，问我是否有值得写的人。值得写的人不止一个，而是很多。我告诉了他我的秘诀：

买一张桌子，越普通越好，带抽屉和锁。

锁上抽屉，扔掉钥匙。

每天随便写点什么，写满三张纸。

把纸从抽屉缝隙里塞进去。当然不用重读。一年后，您就会有差不多900页手稿。随便您发挥了。

七

　　早晨，里亚德清点了书店里剩下的书，60本，其余的都浸湿了。他分拣了一下，把给孩子的画册放在一边。

　　街上，那辆该死的灰色雷诺一直停着。从它前面走过的时候，他似乎看到车后座上有一块蓝色斑点。他飞快地穿过小巷，在邻居小女孩的小学门前停了下来，对门卫说，他想把一些书送给孩子们。门卫挠了挠头皮，从头到脚打量了他一会儿，让他在门口等着。透过铁栅栏，里亚德看到了操场。操场很美，有一片菜圃和用石灰画的足球场。孩子们坐在木头长椅上，忙着分享秘密、巧克力或是梦想。一个棕色头发的小男孩穿着条纹T恤和背带裤，试图爬上一根杆子。他不停地滑下来，一屁股摔在地上，接着又爬，很勇猛的样子。

最后，门卫跑着回来了，一起来的还有个大腹便便的男人。

"你好，你好。有人告诉我，你想捐赠图书？"

"你好，我清空了书店，有些书想送给孩子们。"

"哦，真是太好了，太好了。要是多一些像你这样的人就好了，你是你父母的骄傲，你太好了。"

"谢谢……真的没什么……那么，我有大约二十几本书，今天就能带过来。"

"哦，我非常喜欢，可是不行。"

"为什么？"

"你看，我们没有权利接受私人馈赠。"

"连书也不行吗？"

"是的，我们永远也搞不清楚。"

"不清楚什么？"

"很多事都不清楚，很多事！谁写的这些书，谁出版的，谁印刷的，谁出售的，谁带过来的，谁会读这些书……不，不，真的，我们不能收。"

"可是，我总不能把它们扔了，请收下吧……"

"听我说，你可以给教育部的督察写信。等他回复，可能要等一段时间，因为需要委员会通过。要有点耐心。然后，你就可以把书带给我们了。"

"可是……"

"好啦，就这么做吧！行了，祝你今天过得愉快，我的孩子！再次感谢你，孩子们知道你想送他们书，一定会高兴的。"

门卫当着里亚德的面关了门，里亚德只好又回到了哈马尼街。我们看到他从该死的灰色雷诺前面经过，没有注意到车里日夜注视他的人。他没有怀疑，他是对的，因为他们不会把他怎么样，他们在那里只是为了提醒我们，他们存在，而我们都在被监视中。

里亚德刚进书店，就有人敲门。是萨拉，她穿着牛仔背带裤，容光焕发，近乎红棕的棕色头发披散在肩上。

"哟，这里空了。"

"是的。"

"你知道这里会变成什么样？"

"知道，房东要在这里卖炸糕。"

"炸糕？好吧……我想地上这些书是你想送人的吧？"

"是的。"

"好啊，我想要于勒·洛瓦的这本书，还有穆罕默德·迪布那本。给我胡胡[1]的书，要么再来一本加缪。好了，希望能帮到你。"

"不能再拿点吗？"

"不了，已经太多了，不过听我说，你要是真的想摆脱这些书，不如把它们带到瞭望洞穴去。"

"瞭望洞穴？"

"在从前的埃利塞-何克律街，让·塞纳克就死在那儿。算了，我从你的表情看出来了，你不知道谁是塞纳克……他是诗人，民族解放阵线的成员，留着大胡子的同性恋。你没见过吗？一些年轻人聚在那里，写诗，抽烟，读书，他们会很高兴收到这些书

---

① 胡胡（Ahmed Reda Houhou, 1910—1956），首位用阿拉伯语出版小说的阿尔及利亚作家。

的。你要是想去，我来带路。"

里亚德在手提箱里装满书，跟着年轻女子出去了。他们来到街上，穿过几座广场，最后来到一条简直不能被称为路的肮脏小巷。萨拉拉着他走向一幢挂着骷髅头的房子：

"去吧，就在下面。我得走了，改天见。"

走进前厅，里亚德捏住了鼻子，连灯都不敢开，什么也不想碰。他用肩膀开了门，拎起手提箱，进了瞭望洞穴。屋里有盘子、酒瓶、玻璃杯、本子和书。墙上都是照片和画，没有灯罩的灯泡照着它们。

满屋子的酒气。

"请进，请进。这儿就是您的家。"

年轻男子手上拿着一本书。他很胖，顶着锅盖头，戴着金属腿的圆眼镜。

"我是作家和诗人。"

他朝里亚德看去，目光中夹杂着虚假的谦卑和真正的高傲。

"您写作吗？看得出来，您不写。真可惜啊！"他叹了口气说。"朋友们。"他喊道。

里亚德吓了一跳。三个女人朝他转过身来。

"这位先生来访，接待一下吧！"

惊慌失措的里亚德默默地打开手提箱。

"太棒了！"

她们跑过来，抓起书，翻开，抚摸封面，闻着书页，再也没注意里亚德。里亚德趁机溜走。一到外面，倾盆大雨浇在身上。他跑回"真财富"避雨。因为下雨，也因为阿卜杜拉守着，他没有下决心把书架扔出去，阿卜杜拉会知道的，虽然今天他也不在。里亚德不敢把家具扔到人行道上，只好去睡了。

第二天早上，打开门，雪花在他手心里融化，轻轻地落在波光粼粼的大海上，落在学校的铁栅栏上，落在萨义德咖啡馆外面的桌子上，落在瞭望洞穴门前的垃圾桶上。

里亚德等得不耐烦了。冬季太过漫长，要把阿尔及尔整个吞没了。

书架、床垫、办公桌、椅子、风扇、生了锈的旧布告牌、照片、冰箱、暖炉和夏洛的巨幅照片都扔出去了。阿卜杜拉在对面的人行道上，肩上披着白布，眼睁睁看着他的世界慢慢地被打湿，痛心疾首。里亚德走到他身边。

"几年前，有个女人来过这里，个子很矮，一头金发。她告诉我，夏洛刚刚在佩泽纳斯去世。我心中感慨。他住在那间老房子里，几乎看不见东西了，这让他很难过，因为他再也不能看书，也不能给朋友写信了。他的遗体火化了，骨灰洒进了地中海，那是他的'家'。那位女士还对我说，她知道这家书店保持着原样，非常高兴。"

雨滴砸在书上，发出短促的声音。阿卜杜拉认为，并不是人住了房子，而是房子萦绕在人的心中。里亚德看着整个生锈的大布告牌，"属于年轻人，依靠年轻人，为了年轻人"。他已经不觉得自己年轻了。满脑子都是阿卜杜拉讲的故事，这些过于沉重的故事构成大写的历史，他不知道该做何感想。他觉得自己办砸了差事。夏洛的照片在阿尔及尔的雨中浸湿了。

灰色雷诺车的风挡玻璃上结了霜，两个男人在车里一边注视着阿卜杜拉和里亚德，一边在本子上记录。

（阿尔及尔，2017年）

你不是要去"真财富"吗？沿着倾斜的小巷，或上或下。躲避炙烤的烈日。不要走迪杜什-穆拉德街，那里人太多，众多小巷与之交错，如同跨越上百个故事，几步之外有一座桥，为自杀者和情侣所共享。

你会在一家咖啡馆门前停住脚步，毫不犹豫地坐在露天咖啡座上，同别人交谈。在这里，我们不会区分熟人和萍水相逢的人。有人会倾听你说话，陪你闲逛。你不会感到孤单。爬上倾斜的街道，推开沉重的木门，想象这些男男女女曾试图建造或毁灭这片土地。你会感到疲惫沮丧，头顶的蓝天会让你头晕目眩。你的心怦怦乱跳，急急忙忙赶去沙哈街，如今它已经不叫这个名字了，你会寻找2号乙。你不会注意到旁边停着的灰色雷诺，车里的人没有任何权力。你会来到从前的"真财富"书店门前，我想象它已经停业，而事实上它一直在那儿。你会试着推开玻璃门。门是关着的。隔壁开餐馆的邻居会对你说："他去吃午饭了，他也有权利吃饭啊！不过，别走，耐心等一会儿，他快回来了。给，送你一瓶柠檬汽水。"

你坐在台阶上那盆植物旁边，等门卫来。他一看见你就会赶紧过来。你终于走进这座小小的房子，它是这么多故事的起点。你抬起头，看见夏洛的巨幅照片，他在黑框眼镜后面微笑。哦，不是大大的微笑，更像是在说："欢迎，请进，想要什么就拿吧！"你会想起于勒·洛瓦在《野蛮人的回忆》里的话：我们经历了这场冒险却不自知，对我而言，它仅剩下某种幻影。夏洛有点像我们众人的创造者，至少也是我们的助产士。他创造了我们（甚至包括加缪），孕育、造就、爱抚，有时也训斥我们，总是鼓励我们，过分地称赞，让我们交往、打磨、抛光、支持、纠正我们，时常养活、教导、启发我们。……对我们中的任何人，他从未暗示过我们的才华不仅是阿尔及利亚和法国的未来，也是世界文学的未来。我们是最伟大的诗人，最梦幻的希望，我们走向传奇的未来，将给我们的故土带来光荣。……我们是他的梦想。然而正是在这一点上，命运不公，使他的希望落了空，就像平静的海上掀起暴风雨。他尽力昂起头，迎着狂风。我从未听到他抗议命运的不公，也从未听到他抱怨遭受的厄运。有时，我在想，我们是否配得上他。

有一天，你会来哈马尼街2号乙，不是吗？

资料来源

　　我花了一年时间，四处搜集档案资料，同夏洛的朋友见面，大量阅读书籍、访谈录，观看纪录片，尤其是重新翻开多芒出版社那些黄颜色的小书，挖掘爱德蒙·夏洛的回忆，在这里取几个字，那里拿几句话，渲染，想象。最后，要告诉大家他给那些想写作的人提供的秘方。秘方是慷慨的，其发明者也是如此。

参考书籍：

　　法妮·科罗那，《阿尔及利亚的小学教师（1883——1939）》，巴黎政治学院出版社，1975年。

让·安鲁什、于勒·洛瓦，《论一种友谊——让·安鲁什和于勒·洛瓦书信集》，埃迪祖出版社，1985年。

于勒·洛瓦，《野蛮人的回忆》，阿尔班·米歇尔出版社，1989年。

米歇尔·普什，《出版商爱德蒙·夏洛》，多芒出版社，1995年。

合著，《阳光兄弟奥迪西奥、加缪和罗布莱斯以及他们的斗争——围绕在爱德蒙·夏洛身边》，埃迪祖出版社，2003年。

昂吉·戴维，《多米尼克·奥利——〈O的故事〉作者的秘密生活》，雷欧·施埃尔出版社，2006年。

爱德蒙·夏洛、弗雷德里克·雅克·当普勒，《爱德蒙·夏洛的回忆——与弗雷德里克·雅克·当普勒对话录》，多芒出版社，2007年。

哈米德·纳赛尔-科霍加，《夏洛出版社的塞纳克》，"生机勃勃的地中海（散文卷）"，多芒出版社，2007年。

让·埃勒·穆胡·安鲁什，《日记（1928—1962）》，塔萨迪·雅西内·迪杜主编，农里厄出版社，2009年。

加斯东·伽利玛、让·波朗，《书信集（1919—1968）》，洛朗斯·布里塞主编，伽利玛出版社，2011年。

"走出殖民主义"协会,《当年作品中的1961年10月17日》,吉勒·芒瑟隆作序,亨利·布尧撰写后记,清晨出版社,2011年。

若赛·朗兹尼,《介入作家穆路德·弗哈昂》,路易·加德尔作序,南方文献出版社、索兰出版社,2013年。

贝尔纳·马佐,《让·塞纳克:诗人和殉道者》,瑟伊出版社,2013年。

居伊·杜加,《夏洛出版社的罗布莱斯》,"生机勃勃的地中海(散文卷)",多芒出版社,2014年。

弗朗索瓦·伯格里洛、让-夏尔·多芒、玛丽-塞西尔·凡纳,《爱德蒙·夏洛——一位地中海出版商的书目全集》,多芒出版社,2015年。

合著(米歇尔·普什主编),《与爱德蒙·夏洛的会面》,多芒出版社,2015年。

合著(居伊·杜加主编),《夏洛出版社的作家》,多芒出版社、伽利玛出版社,2016年。

合著(居伊·杜加主编),《文化摆渡人爱德蒙·夏洛——纪念爱德蒙·夏洛一百周年诞辰蒙彼利埃-佩泽纳斯研讨会纪要》,多芒出版社,2017年。

文章：

索里·夏朗东，《巴黎之血》，《解放报》，1991年10月12—13日。

电影：

弗雷德里克·雅克·当普勒、若弗瓦·皮埃尔·德·芒迪亚格，《"真财富"时代的阿尔及尔》，ADL制片公司，法国电视三台，1991年，52分钟。

米歇尔·维耶尔麦，《阿尔及尔出版商爱德蒙·夏洛》，塔拉电影公司、ENTV，2005年，52分钟。

档案材料：

让·安鲁什的书信，雅克·杜塞文学图书馆。

《方舟》档案，罗贝尔·阿隆藏书，南特当代国际档案馆。

夏洛出版社档案，雅克·杜塞文学图书馆。

爱德蒙·夏洛致阿德里安娜·莫尼耶的书信，雅克·杜塞文学图书馆。

法国国家图书馆Gallica数字图书馆，当年的报刊文章，尤其是《阿尔及尔回声报》的档案。

阿尔芒·吉贝尔藏书，"地中海的遗产"，蒙彼利埃大学校际图书馆。

致谢

感谢弗雷德里克·雅克·当普勒、居伊·杜加、让-夏尔·多芒、玛丽-塞西尔·凡纳和米歇尔·普什与我分享他们的故事。

译后记

    卡乌特·阿迪米，1986年出生于阿尔及尔，4岁时举家迁到法国格勒诺布尔。小阿迪米和父亲每周都去市立图书馆看书。四年之后，她返回故乡。当时的阿尔及利亚处于恐怖主义之下，书籍不易获得，因而十分珍贵。8岁的阿迪米萌生了一个想法：写一本书，一本能用来阅读的书。从那以后，热爱文学的她踏上了写作之路。

    19岁那年，她参加了法国小镇米雷的青年作家协会举办的"青年法语作家大赛"。她的短篇小说《天使的低语》（*Chuchotement des anges*）得到评委会青睐，并获发表。之后，她受邀访问米雷、图卢兹和巴黎，遇到了日后在阿尔及尔出版她作品的巴尔扎赫出版社。2008年，她凭借短篇小说《处女之足》（*Pied de vierge*）再度入围"青年作家大奖"。

2009年，她写下了长篇处女作《轻佻的芭蕾舞女们》（*Des Ballerines de papicha*），通过多名叙事者的讲述，以复调形式展现了21世纪初一个阿尔及利亚家庭的生活。2010年6月，该书由巴尔扎赫出版社出版，2011年5月，法国南方文献出版社（Actes Sud）再度推出该作品，更名为《他人的反面》（*L'Envers des autres*），因为原书名中"papicha"一词为阿尔及利亚特有，专指卖弄风情、与男子调情的年轻女孩，类似21世纪的洛丽塔，很难在法语中找到对应的词。这部小说获2011年的"使命文学奖"，该奖项旨在奖掖用法语写作的18至30岁的年轻作家。

2009年写完这部小说，阿迪米离开阿尔及尔，揣着现代文学和人力资源管理的双学士文凭，来到巴黎工作，同时坚持文学创作。2015年11月和2016年，巴尔扎赫出版社和瑟伊出版社分别推出了她的第二部长篇小说《我口袋里的石子》（*Des pierres dans ma poche*）。书名源自荒诞派作家贝克特的长篇小说《莫洛伊》中的著名桥段：莫洛伊把石子放在不同口袋中并挨个吮吸，最终弄丢了石子。阿迪米的第二部长篇小说讲述的是一名年轻女子的故事，她告别了在阿尔及利亚的母亲、朋友和父亲的坟墓，只身来巴黎工作，面对完全不同的世界，体会到深深的孤独感和矛盾心情：一方面想同保守的阿尔及利亚社会断绝，另一方面又觉得应当遵循传统。在孤独和矛盾中，她时常同一名年长的街头流浪女坐在长椅上，两人结下了奇特而滑稽的友谊。母亲不断从老家打电话来耳提面命，小说因此嵌入了母女俩的多次通话。接受法国电视五台采访时，阿迪米解释了书名的象征意义："石头象征着主人公的整个童年和青年时代。小说的叙述者说，沉甸甸的回忆坠在她的心里，正如沉甸甸的石头坠在口袋里。而回忆，既有痛苦的时候，又有温馨感人的瞬间。当母亲再次打来电话，让她月底务必回家参加一场婚礼的时候，所有的回忆涌上心头，令她既忧虑，又怀恋逝去的时光。"

《加缪书店》（*Nos richesses*）是她的第三部长篇小说，2017年由巴尔扎赫出版社和瑟伊出版社在阿尔及利亚和法国同时出版，入围龚古尔、勒诺多、美第奇等多项文学大奖，最终斩获2017年"中学生勒诺多文学奖"和"风格大奖"，并赢得2018年意大利"龚古尔竞选奖"。

小说讲述的是位于阿尔及尔哈马尼街2号乙的一家书店的历史变迁。写作的灵感源于阿迪米在阿尔及尔上大学期间，屡次路过的这家书店。橱窗上的一句话——"读书之人价值倍增"，让她印象深刻，透过玻璃还看见一幅巨大的肖像。书店名叫"真财富"（Les Vraies Richesses），照片上的那位是书店创始人爱德蒙·夏洛。这家1936年开业的书店经历了二战、阿尔及利亚战争等大半个世纪的风雨飘摇，仍屹立不倒，令女作家十分好奇。夏洛何许人也？阿迪米只模模糊糊记得他是第一位出版加缪作品的书商，仅此而已。于是，她开始到各图书馆、档案馆查找资料，遍访所剩不多的认识夏洛的人。终于，一段难忘的历史记忆浮出水面。

爱德蒙·夏洛，1915年出生于阿尔及尔。父亲在阿歇特出版社负责销售部门。1934年，夏洛在阿尔及利亚中学念哲学班，结识了日后成为画家的路易·贝尼斯迪、索弗尔·伽列罗，以及阿尔贝·加缪。后来贝尼斯迪在夏洛的书店举办了画展，还设计了加缪纪念碑。法国哲学家让·格雷尼耶是他们的老师。1935年，夏洛在巴黎旅行时，参观了阿德里安娜·莫尼耶的书店——奥德翁街7号的"书友之家"，深受震动，渴望在阿尔及尔开一家同样的书店，哪怕规模小一点。有一日，格雷尼耶老师问学生们毕业后想做什么，夏洛直言对印刷品感兴趣，于是老师鼓励他在当地做一名出版经销商。

因为缺乏资金，夏洛找了两个朋友合伙，勉强筹措了12000法郎，开始"历险"。他租下大学城附近沙哈街（后改名为哈马尼街）2号乙的店面，内部只有7米长4米宽。夏洛的小书店同时出版书籍、提供借阅，他本人既是书商，又是出版商，还是图书管理员。他表示："我从来没有把书店和出版社区分开来。从来没有。对我来说，这是一件事。如果有人没当过书商，或者不是书商，我不相信他能做出版。"夏洛出版的第一本书是加缪和朋友集体创作的剧本《阿斯图里亚斯起义》。当时，加缪还是一个默默无闻的"陌生人"。之后，夏洛又出版了他的《反与正》《婚礼集》。

经法国作家季奥诺允许，夏洛用前者同名小说的书名将书店命名为"真财富"，并打出"属于年轻人，依靠年轻人，为了年轻人"的口号。1936年11月3日，"真财富"书店——夏洛出版社正式开业。夏洛清楚，"他的使命是催生和选择年轻的地中海作家，不分语言和宗教"，这一全新的理念走在了时代的前沿。他认定"文学才是事业的核心"，二战期间，在资金和物资匮乏的情况下，苦心经营，拼尽全力，出版了罗布莱斯的《天堂河谷》、加西亚·洛尔迦的《序曲》、于勒·洛瓦的《为飞行员的三次祷告》、圣埃克絮佩里的《给一个人质的信》、纪德的《既然……》，以及维尔高的《海的沉默》等多部文学作品。其中，亨利·博斯科的《戴奥蒂姆农庄》和于勒·洛瓦的《幸福山谷》获勒诺多文学奖，罗布莱斯的《人的劳动》获民粹主义小说奖。

夏洛出版社几度面临绝境，缺钱，缺纸，缺油墨，什么都缺，以至于用订书机装订书籍，用肉店的包装纸和自己调制的油墨印刷。《海的沉默》就印在不同颜色的纸上。因为缺纸，他忍痛割爱，建议加缪找巴黎出版商出版"荒诞"三部曲：《局外人》《西西弗的神话》和《卡利古拉》。此外，还遭遇可怕的出版审查，夏洛被秘密投入巴巴罗萨监狱，一个月之后转为监视居住。债台高筑，付不起版税、印刷费，遭到大出版商毁谤攻击，签约作家一个个弃他而去。然而，面对重重困难，他从未放弃，1945年还在巴黎开了一家分社。直到1961年，巴黎的书店连续遭到两次袭击，被洗劫一空，丢失了所有珍贵的档案，包括加缪的阅读笔记、和纪德等人的通信，令他十分绝望。晚年，夏洛在蒙彼利埃附近开了一家书店，几近失明的他于2004年黯然辞世。比利时作家西蒙·莱斯（Simon Leys）有过这样一段精彩论述："成功者都是懂得契合实际的。相反，那些坚持把实际扩大到梦想的人遭遇了失败。这就是为什么人类的一切进步都应归功于失败者。"这段话恰如其分地总结了夏洛的一生。

　　《加缪书店》展现了爱德蒙·夏洛为文学出版事业饱经挫折、不屈不挠的一生。但卡乌特·阿迪米并非历史学家，也无意撰写历史著作或人物传记，而是发挥作家的想象力，将真实与虚构融合得天衣无缝。一开篇就已经是故事的终结，作者想象2017年有商人买下已经成为阿尔及尔市立图书馆分馆的"真财富"书店，计划售卖炸糕，因为相比书籍，如今的人对食物更感兴趣。小说设置了双线结构：一条线是2017年一个叫里亚德的巴黎大学生来到阿尔及尔实习，实习的内容是清空书店，重新粉刷；另一条线是虚构的记事本，夏洛在里面记录了创业的种种波折和心路历程。两条线相互照应又对比鲜明：一个是对书籍漠不关心的新时代年轻人，一个痴迷文学的老一辈出版商；一边看里亚德一步步摧毁书店，一边看夏洛一点点构建。两条线的交汇点是披着自己"裹尸布"的阿卜杜拉——曾经的图书管理员、圣殿最后的守护者。他裹着白布，拄着手杖，在书店前面一站就是一天，连下大雨也不肯离开。他发动全城的杂货商抵制里亚德粉刷书店，使他买不到涂料。他同里亚德交谈，诘问，劝说，带里亚德去酒吧，缓缓道出往事。最终，里亚德对待书的态度也有所改变。两人之间的交流犹如两个时代的碰撞，令人深思，惹人叹息。

　　另外，书中有一个有趣的细节，作家借夏洛的记事本，透露了一个关于写作的秘密："买一张桌子，越普通越好，带抽屉和锁。锁上抽屉，扔掉钥匙。每天随便写点什么，写满三张纸。把纸从抽屉缝隙里塞进去。当然不用重读。一年之后，您就会有差不多900页手稿。"不知这是不是女作家自己的写作方式呢？

最后，交待一下书名的翻译。小说的法语名 *Nos richesses*，直译为"我们的财富"。书中有一封里亚德父亲写给儿子的信，提到"真财富"书店即将变成卖炸糕的餐馆，父亲意味深长地写道："我们只有在失去的时候才会意识到我们的财富！"对于爱德蒙·夏洛、阿迪米，及所有喜爱阅读和文学的人而言，这样一家书店是不可估量的财富！作者把小说题献给"哈马尼街的人们"，也是因为她深深喜爱这个充满文化氛围的街区。在一次采访中，被问到希望此书在阿尔及利亚激起怎样的反响时，作家回答："但愿本书能让读到它的人重新思考书籍、作家和出版人的地位与价值。"

中译本之所以改为《加缪书店》，一是因为直译略显平淡，二是因为加缪与夏洛出版社和书店的不解之缘。

译者

2018年11月

244